여자의 일생

세계문학산책 24
여자의 일생

지은이 기 드 모파상
옮긴이 붉은여우
펴낸이 안용백
펴낸곳 (주)넥서스

초판 1쇄 인쇄 2013년 3월 25일
초판 1쇄 발행 2013년 4월 1일

출판신고 1992년 4월 3일 제311-2002-2호
121-840 서울시 마포구 서교동 394-2
Tel (02)330-5500 Fax (02)330-5555

ISBN 978-89-6790-142-4 04800

세계문학산책 24

기 드 모파상

여자의 일생

붉은여우 옮김 김욱동 해설

지식의숲

1

잔느는 짐을 다 꾸리고 나서 창가로 다가갔다. 비는 여전히 내리고 있었다.

비는 밤새도록 유리창과 지붕을 뒤흔들며 쏟아졌었다. 물기를 가득 머금은 야트막한 하늘은 마치 구멍이 뚫린 듯 대지 위로 온통 쏟아져 내려 땅을 진창으로 만들고 설탕처럼 녹이려 드는 것 같았다.

어제 수녀원의 기숙 학교에서 나와 마침내 자유로운 몸이 된 잔느는, 오래 전부터 꿈꾸어 왔던 인생의 모든 행복을 금방이라도 얻을 수 있을 것 같아 잔뜩 부풀어 있었다. 그렇기 때문에 날씨가 개지 않으면 아버지가 출발을 망설일까 걱정이 되어, 아침부터 먼 하늘을 바라보며 개일 기미가 없는지를 살피고 있었다.

그러다가 그녀는 달력을 여행 가방 속에 넣지 않았다는 것이 생각났다. 그녀는 벽에서 달마다 넘기게 되어 있는 작은 달력을 떼어냈다. 거기에는 그림 한가운데에 1819년이라는 올해 연도가 금박으로 찍혀 있었다.

그녀는 처음 네 칸을 연필로 지웠다. 성인의 이름을 하나하나 지워가다가 5월 2일까지 왔는데, 그날이 바로 수녀원의 기숙 학교를 나온 날이었다.

누군가가 문 밖에서 그녀를 불렀다.

"자네트!"

"들어오세요, 아빠."

잔느가 대답하자, 그녀의 아버지가 모습을 나타냈다.

시몽 자크 르 페르튀 데 보 남작은 지난 시대의 귀족으로서 좀 고집스럽기는 했으나 선량한 사람이었다. 장 자크 루소를 열렬히 숭배하는 그는 자연과 들, 나무, 짐승들에 대해 연인과도 같은 애정을 지니고 있었다.

이론가인 그는 딸을 행복하고 착하고 올바르고 상냥한 여자로 만들고 싶어서 특별한 교육 방침을 세워 놓고 있었다. 그래서 그는 딸이 열두 살이 되었을 때, 아내가 울면서 말리는데도 불구하고 성심(聖心) 수녀원 기숙 학교로 보냈던 것이다.

그는 딸을 수녀원에 보내면서, 그곳에 파묻혀 세상 돌아가는 일 같은 것은 아무것도 모르면서 살기를 바랐다. 그리고 딸이 열일곱 살 때까지 순결하게 지내도록 하다가, 그 후에는 아름다운 시적 세계에 접할 수 있도록 해 주고 싶었다.

이제 그녀는 기쁘고 생기에 넘쳐서 행복에 대한 갈망을 안고 수녀원의 기숙 학교에서 나왔다. 그녀는 나태했던 날들과 긴 밤들, 그리고 막연한 희망만이 떠돌던 고독 속에서 그녀의 마음속으로만 엿보던 온갖 기쁨과 멋진 우연들을 맞아들일 준비가 되어 있었다.

그녀는 베로네세(베니스 학파의 이탈리아 화가)의 초상화와 닮아 있었다. 태양이 살짝 스칠 때에만 겨우 보이는 엷은 솜털이 가볍게 돋아 있는 귀족적인 장밋빛 피부는 갈색 머리칼과 무척 잘 어울렸으며, 눈은 네덜란드 사기 인형의 눈같이 불투명한 파란색이었다. 그리고 왼쪽 콧방울에는 작은 애교점이 하나 있었으며, 오른쪽 턱 위에도 역시 점이 하나 있었다.

턱에는 거의 피부와 비슷하여 분간이 잘 되지 않는 몇 개의 털이 꼬부라져 있었다. 그녀는 날씬하게 키가 컸고, 가슴은 성숙했으며, 허리의 선은 물결이 이는 듯 부드러웠다. 그녀의 또렷한 목소리는 이따금 매우 날카롭게 들리기도 했지만, 순진한 웃음소리는 주위 사람을 기쁘게 했다.

그녀는 이따금 머리칼을 매만지려는 것처럼 자연스러운 몸짓으로 두 손을 관자놀이에 갖다 대곤 했는데, 그것이 그녀의 평소 버릇이었다.

그녀는 달려가서 아버지를 껴안으며 물었다.

"우리 이제 떠나는 거죠?"

아버지는 미소를 띠고 백발이 성성해진 길게 기른 머리를 흔들었다. 그리고 창문 쪽으로 손을 내밀면서 말했다.

"이런 날씨에 어떻게 여행을 하겠다는 거냐?"

그러나 그녀는 어리광을 부리듯이 말했다.

"아, 아빠, 제발 떠나요. 오후에는 갤 거예요."

"하지만 네 엄마가 절대로 승낙하지 않을 게다."

"그러시겠죠. 하지만 엄마의 승낙은 제가 받아낼 수 있어요."

"네가 어머니만 설득시킬 수 있으면 난 아무래도 좋다."

그래서 그녀는 남작 부인의 방으로 달려갔다. 그녀는 오늘을 너무나 애타게 기다려 왔기 때문이다.

성심 수녀원에 들어간 이후로 그녀는 루앙을 떠나 본 적이 없었다. 아버지는 자기가 정한 나이가 되기 이전에는 어떠한 오락이나 기분 풀이도 허락하지 않았던 것이다.

그녀는 지금 이포르 근처의 절벽 위에 세워져 있는 조상 대대로 내려오는 낡은 저택인 레 푀플의 별장에서 여름을 보내려고 계획하고 있다. 그리고 그녀는 바닷가에서의 자유로운 생활에 대한 기대감으로 마음이 한껏 부풀어 있었다. 더군다나 그 저택은 그녀가 물려받은 것으로, 결혼한 후에도 오래도록 그곳에서 살 생각이었다.

어제 저녁부터 그치지 않고 줄곧 내리는 비는 그녀 생애에서 최초로 맛보는 커다란 슬픔이었다. 그러나 잠시 후에 어머니 방에서 뛰어나온 그녀는 온 집안이 떠나갈 듯 소리쳤다.

"아빠, 아빠! 엄마가 승낙했어요. 마차를 준비시킬게요."

폭우는 조금도 멎지 않았다. 사륜마차가 문 앞에 모습을 나타냈을 때는 비가 더욱 세차게 뿌리는 것 같았다. 남작 부인이 한쪽은 남편의 부축을 받고, 다른 한쪽은 젊은 남자처럼 힘세고 날씬한 키 큰 하녀의 부축을 받으면서 계단을 내려왔다. 그때, 잔느는 마차에 오를 준비를 이미 다 하고 있었다.

하녀는 노르망디 여자로서 기껏해야 열여덟 살이 될까 말까 한데, 보기에는 적어도 스무 살은 되어 보일 정도로 성숙했다. 가족들은 그녀를 딸처럼 대했는데, 그것은 그녀가 잔느와 같은 젖을 먹고 자랐기 때문이다. 그녀의 이름은 로잘리였다.

그녀의 중요한 임무는 안주인의 보행을 도와주고 보살피는 것이었다. 남작 부인은 몇 년 전부터 심장 비대증으로 몸이 뚱뚱해져서 고생하고 있었다.

남작 부인은 숨을 헐떡이면서 낡은 저택의 층계에 이르렀다. 그리고 그녀는 빗물이 넘쳐흐르는 마당을 바라보며 중얼거렸다.

"이런 날씨에 어디를 간다고……."

미소 짓는 얼굴로 남작이 대답했다.

"그러자고 한 것은 바로 당신이오, 아델라이드 부인."

그녀는 아델라이드라는 화려한 이름을 가지고 있었기 때문에 남편은 다소 장난기를 섞어 언제나 '부인'이라는 칭호를 붙이곤 했다.

그녀는 다시 걸음을 옮겨 간신히 마차에 올라탔다. 그러자 마차의 용수철이 모두 쑥 눌려 들어갔다. 남작이 부인 곁에 앉고, 잔느와 로잘리는 맞은편 자리에 앉았다.

문지기 부부가 와서 마차 문을 닫으면서 인사를 했다. 그들은 짐수레로 딸려 보낼 짐에 대해 마지막 지시를 받았다.

그리고 마차는 떠났다. 마부 시몽 영감은 빗속에 머리를 숙이고 등을 구부린 채, 깃이 세 겹으로 된 외투를 뒤집어썼다.

신음하는 듯한 광풍이 쉴 새 없이 몰아치고, 길은 몹시 질척거렸다. 두 마리의 말이 전속력으로 몰고 가는 사륜마차는 한결같은 기세로 달려 부두로 내려갔으며, 대형 선박들이 줄지어 서 있는 곳을 따라 내처 달렸다. 돛대와 활대와 밧줄이 헐벗은 나무처럼 빗발치는 하늘에 쓸쓸하게 솟아 있었다.

억수같이 퍼붓는 빗속을 달리는 두 마리 말의 번들거리는 엉덩이에서는 하얀 김이 모락모락 피어올랐다. 남작 부인은 어느새 잠이 들었다. 부인은 늘어져 있는 여섯 가닥의 머리카락을 단정하게 빗어 말아 올렸는데, 점점 아래로 처져 목덜미의 커다란 주름살에 힘없이 받쳐져 있었다.

남작 부인의 머리는 숨을 쉴 때마다 들어올려졌다가 다시 밑으로 떨어졌다. 뺨은 부풀어 오르고, 반쯤 벌어진 입술 사이로 코고는 소리가 간간이 새어나왔다. 남편이 그녀에게 몸을 기울여 풍만한 배 위로 깍지를 낀 그녀의 두 손에 작은 가죽 지갑을 살며시 쥐어 주었다.

그 감촉이 그녀를 깨운 모양이었다. 그녀는 선잠에서 깬 사람의 몽롱한 눈빛으로 멍하니 지갑을 바라보았다. 그때 지갑이 떨어지면서 금화와 지폐가 마차 안에 흩어졌다. 그러자 그녀는 완전히 잠에서 깨어났다. 이어서 즐거움이 가득한 딸의 웃음소리가 터져 나왔다. 남작은 돈을 주워 부인의 무릎 위에 놓으며 말했다.

"여보, 이건 엘르토 농장을 판 돈이오. 앞으로 우리가 자주 가서 지내게 될 레 퇴플을 수리하기 위해 그걸 팔았던 거요."

부인은 6천 4백 프랑을 세어보더니 조용히 주머니 속에 넣었다. 그 농장은 그들의 부모가 물려준 서른 한 개의 농장 중에서 아홉 번째로 판 농장이었다.

그러나 그들은 아직도 토지에서 약 2만 리브르의 수입이 나왔고, 잘만 관리한다면 연간 3만 프랑은 수입을 올릴 수 있었다. 그들은 검소한 생활을 했기 때문에, 만일 집안에 언제나 벌리고 있는 바닥없는 구멍 — 즉 '선량함'이라는 구멍만 없었다면 풍족하게 살아갈 수 있을 것이다.

잔느가 물었다.

"제 별장은 아름다운가요?"

남작이 기분 좋은 목소리로 대답했다.

"얘야, 이제 곧 알게 된단다."

세차게 내리던 소나기가 차츰 약해져 가더니 이제는 안개 비슷한 아주 가느다란 이슬비로 흩날렸다.

저녁이 되었다. 마차 안의 사람들은 잔느만 빼고 모두 잠이 들어 있었다. 길을 가는 동안 말이 숨을 돌리게 하고 물과 함께 귀리를 먹이기 위해 여인숙에서 두 번 멈췄었다.

해는 이미 지고 멀리서 종소리가 울렸다. 어떤 작은 마을에서 램프에 불을 켰고, 하늘도 역시 총총한 별들로 빛나고 있었다. 불 켜진 집들이 한 점의 불처럼 어둠을 뚫고 여기저기에 나타났다. 갑자기 언덕 뒤에서 전나무 가지들 사이로 붉고 커다란 달이 잠에 취한 듯이 솟아올랐다.

그녀는 이리저리 자세를 가다듬고 나서 그리다 만 꿈을 다시 잡으려고 애를 썼다. 그러나 끊임없이 굴러가는 마차 소리가 귀에 가득 차 생각을 방해하곤 했다. 그녀는 정신도 몸같이 기진맥진해 있음을 느끼고 다시 눈을 감았다.

그러는 동안에 마차가 멈췄다. 하인과 하녀들이 손에 램프를 들고 마차 문 앞에 서 있었다. 드디어 도착한 것이다. 갑자기 잠에서 깬 잔느는 재빨리 뛰어내렸다.

남작과 로잘리는 한 농부가 비춰 주는 등불을 받으면서, 완전히 기진맥진하여 죽어가는 작은 목소리로 "아이구, 제기랄! 얘들아!" 하는 말을 쉴 새 없이 되풀이하고 있는 남작 부인을 거의 떠받들다시피 하여 안으로 들어갔다.

부인은 아무것도 마시려고도 먹으려고도 하지 않고 자리에 눕더니 이내 잠이 들었다. 잔느와 남작은 마주 앉아서 밤참을 먹었다. 그들은 서로 쳐다보면서 미소를 짓고 식탁 너머로 손을 잡았다. 그리고 두 사람은 어린애 같은 기쁨에 사로잡힌 채 수리한 저택을 둘러보기 시작했다.

그것은 농장과 저택이 딸린 높고 넓은 노르망디 식 저택 중의 하나였다. 지금은 회색으로 변한 하얀 돌로 지어졌으며, 일가친척들이 묵을 수 있을 만큼 넓었다. 넓은 현관이 집을 둘로 나누어 한쪽에서 다른 한쪽으로 통하게 했으며, 양쪽 정면에는 커다란 문이 열려 있었다. 두 개의 계단이 가운데는 공중에서 이어져 다리처럼 이층에서 만나고 있었다.

아래층 오른쪽으로는 굉장히 큰 객실이 있었는데, 그곳에는 새들이 날아다니는 나뭇잎 무늬를 놓은 장식 융단이 깔려 있었다.

객실 옆에는 고서가 가득한 서재와 사용하지 않는 방 두 개가 있었는데, 문이 열린 채였다. 왼쪽으로는 새로 꾸며진 식당과 식탁보나 냅킨 등을 넣어두는 방, 식품 저장실, 부엌 그리고 욕조가 붙어 있는 작은 방 하나가 있었다.

2층은 긴 복도가 길게 세로로 놓여 있었는데, 열 개의 방에 열 개의 문이 늘어서 있었다. 그중에서 쑥 들어가 있는 오른쪽이 잔느의 방이었다.

잔느는 침대를 발견하고는 기쁨의 탄성을 질렀다. 네 귀퉁이에는 떡갈나무로 조각된 검은 밀랍 칠로 번쩍거리는 네 마리의 커다란 새가 침상을 받치고 있어, 마치 침상을 지키는 파수꾼처럼 보였다. 침대 양쪽에는 꽃과 과일로 꾸며진 두 개의 커다란 꽃 장식이 조각되어 있었다.

시계가 열한 시를 치기 시작했다. 남작이 딸에게 키스를 하고 그녀의 방에서 물러가자, 잔느는 섭섭한 마음으로 자리에 누웠다. 마지막으로 그녀는 자기의 방을 둘러보고 나서 촛불을 껐다.

그녀는 옆으로 돌아누워 눈을 감았다. 그러나 잠시 후에 다시 눈을 떴다. 머릿속에는 마차 굴러가는 소리가 계속 들려와서 그 요동으로 여전히 몸이 흔들리는 것같이 느껴졌다. 처음에는 꼼짝도 하지 않았다. 이렇게 쉬면 마침내 잠이 올 것이라고 생각했다. 그러나 마음의 초조함이 순식간에 온몸을 사로잡는 것이었다. 두 다리에 경련이 일어나고, 열은 점점 높아 갔다. 그래서 그녀는 자리에서 일어났다.

그녀는 맨발로 유령같이 보이게 하는 긴 잠옷만 걸치고, 바닥에 쏟아져 있는 빛의 늪을 건너 창문을 열고 밖을 내다보았다. 밤은 대낮처럼 보일 정도로 환했다. 잔느가 어린 시절에 좋아했던 이 지방의 낯익은 경치들이 눈에 들어왔다.

먼저 그녀 앞에 버터처럼 보이는 노랗고 너른 잔디밭이 달빛을 받고 펼쳐졌고, 두 그루의 나무가 거대한 저택 앞에 보초처럼 우뚝 서 있었다. 북쪽에 있는 것은 플라타너스이고, 남쪽에 있는 것은 보리수였다. 넓은 풀밭 끝에는 작은 숲이 있었는데, 그것은 이 영지의 경계를 이루고 있었다. 그리고 언제나 미친 듯이 휘몰아치는 해풍으로 뒤틀리고, 깎이고, 침식되어 지붕 모양으로 경사지고 잘린 늙은 느릅나무가 다섯 줄로 늘어서서 태풍을 막아 주고 있었다.

공원이라고도 할 수 있는 이곳 가로수 길에는 터무니없이 큰 포플러나무가 좌우로 나란히 심어져 있었다. 노르망디에서는 '푀플'이라고 불리는 이 포플러나무는 주인들의 저택과 인접해 있는 두 개의 농지를 가르고 있었다. 한 곳에는 쿠이야르 집안이 살고, 다른 한 곳에는 마르탱의 집안이 살고 있었다. 그들의 저택 이름은 이 '푀플'에서 따온 것이었다.

이 울타리 너머로는 가시양골담초가 여기저기 돋아 있는 황폐한 평원이 펼쳐져 있었으며, 그곳에는 바람이 밤낮으로 소리를 내며 몰아쳤다. 평원의 끝은 갑자기 끊어져 백 미터가량의 낭떠러지를 이루고 있었는데, 깎아지른 듯한 절벽의 기슭으로 파도가 드나들고 있었다.

잔느는 멀리 별 아래에서 있는 듯한, 물결이 어른거리는 길고 긴 수면을 바라보았다.

태양이 없는 이 고요 속으로 대지의 모든 냄새가 널리 퍼지고 있었다. 창문 아래에서 주위로 덩굴을 뻗고 있는 재스민이, 돋아나기 시작하는 잎들이 풍기는 은은한 냄새와 뒤섞어서 찌르는 듯한 향내를 쉬지 않고 뿜어댔다. 느릿한 바닷바람이 지나가면서 소금 냄새와 함께 끈적거리는 해초 냄새를 실어다 주었다.

처음에 그녀는 바닷바람을 들이마시는 행복감에 몸을 내맡기고 있었다. 이 전원에서의 휴식은 찬물로 목욕했을 때처럼 그녀의 기분을 상쾌하게 가라앉혀 주었기 때문이다.

잔느는 갑자기 마음이 부풀어 오르는 것 같았다. 자신의 마음 속이 환한 밤의 속삭임으로 가득 차고, 그녀를 둘러싼 채 울고 있는 밤벌레와 같은 종잡을 수 없는 욕망이 갑자기 가슴속에서 뒤끓는 것 같았다.

그리고 밤의 부드럽고 뿌연 어둠이 그녀를 이 생동하는 시(詩)의 세계로 이끄는 것 같았다. 초인적인 전율이 흐르더니 무엇인지 알 수 없는 희망으로 가슴이 설레면서, 행복의 숨소리 같은 것이 고동쳤다.

그녀는 사랑을 동경하기 시작했다.

사랑! 2년 전부터 그것이 다가온다는 느낌이 들었고, 더불어서 뭔지 모를 불안이 그녀를 사로잡고 있었다. 이제 그녀는 자유롭게 사랑할 수 있다. 다만 '그'를 만나기만 하면 되는 것이다. 사랑할 그 사람을!

그는 어떤 사람일까? 그녀는 정확하게 그를 알지 못했으며, 그에 대해 생각해 본 일조차 없다.

그는 그냥 그였다. 그뿐이었다. 그녀는 다만 온 마음으로 그를 열렬히 사랑하고, 그도 온 힘을 다해 그녀를 극진히 사랑해 주리라는 것만 알고 있을 뿐이었다.

오늘 같은 밤에 그들은 별에서 떨어지는 빛나는 재를 받으며 산책을 할 것이다. 그들은 손을 잡고, 서로 몸을 꼭 붙이고, 서로의 심장이 뛰는 소리를 들으면서, 서로의 어깨에서 체온을 느끼며, 여름밤의 달콤한 맑음 속에 그들의 사랑을 섞으면서, 오직 사랑이라는 유일한 힘으로 그들의 마음속 깊이까지 숨어들도록 굳게 맺어져 걸어갈 것이다. 그리고 그것은 표현할 수 없는 사랑의 평온 속에서 끝없이 계속될 것이다.

그리고 여기 이 바다가 내려다보이는 조용한 저택에서 그 사람과 함께 살게 되리라. 아마 두 명의 아이를 가질 것이다. 그를 위해서는 아들을, 그녀를 위해서는 딸을…….

그리고 그녀는 플라타너스와 보리수 사이의 풀밭을 뛰어다니는 아이들을 상상해 보았다. 그러면 아버지와 어머니는 더할 수 없이 기쁜 눈으로 아이들을 바라보면서 아이들의 머리 위로 사랑이 가득 담긴 시선을 주고받을 것이다.

그녀는 이렇게 오래오래 부질없는 공상에 잠겨 있었다.

그녀는 마음이 가라앉음을 깨닫고 약간의 피로함을 느꼈다. 그녀는 창문도 닫지 않고 침대로 가서 누웠다. 그리고 다시 얼마 동안 공상에 잠겼다가 깊은 잠에 빠져들었다.

여덟 시에 아버지가 부르는 소리도 듣지 못했으며, 아버지가 방에 들어와서 흔들어 깨우자 그때야 비로소 잠에서 깨어났다.

남작은 아름답게 꾸며져 있는 저택을, 앞으로 그녀의 것이 될 저택을 그녀에게 보여주고 싶어 했다.

바다 쪽이 아닌 뭍 쪽으로 나 있는 건물의 정면은 사과나무가 심어져 있는 너른 뜰에 있었는데, 길에서 좀 떨어져 있었다. 시골길이라고 불리는 이 길은 농부들의 울타리 사이로 뻗어나가다가 2킬로미터쯤 더 가서 르 아브르에서 페캉에 이르는 한길과 이어졌다.

잔느의 방 창문이 열려 있는 또 다른 정면은 작은 숲과 바람에 시달리는 느릅나무 벽 너머로 멀리 바다를 바라보고 있었다.

잔느와 남작은 서로 팔을 끼고 한구석도 빼놓지 않고 구석구석 둘러보았다. 그러고 나서 그들은 공원이라고 부르는 곳을 둘러싸고 있는 긴 포플러 길을 천천히 거닐었다.

나무들 밑에 돋아난 풀들이 마치 녹색 양탄자처럼 펼쳐져 있었다. 공원 끝에 있는 작은 숲은 더할 수 없이 아름다웠으며, 나뭇잎들로 가려진 꼬불꼬불한 좁은 길은 이리저리 얽혀 있었다.

점심을 먹고 나서 아직도 기진맥진해 있는 아델라이드 부인이 쉬어야겠다고 말을 하자, 남작은 잔느에게 이포르까지 내려가 보자고 제안했다.

두 사람은 레 푀플이 있는 에투방의 촌락을 가로질렀다. 세 사람의 농부가 마치 전부터 알고 있었던 것처럼 그들에게 인사를 했다. 그들은 구불구불한 계곡을 따라서 바다까지 내려가는 비탈진 숲 속으로 들어섰다.

이웃고 이포르 마을이 나타났다. 문지방에 앉아 헌 옷가지를 깁고 있던 여자들이 지나가는 두 사람을 바라보았다. 한가운데로 개울이 흐르고, 집집마다 문 앞에 허섭스레기가 흩어져 쌓여 있는 비탈진 거리는 강한 소금 냄새를 풍겼다.

조그만 은화처럼 생긴 반짝이는 비늘이 여기저기 붙어 있는 누르스름한 그물들이 누추한 집의 문 앞에 널려 있었으며, 그 집의 단칸방에서 많은 식구들이 살고 있었기 때문에 심한 악취가 새어 나왔다. 비둘기 몇 마리가 개울가에서 먹이를 찾으며 돌아다니고 있었다.

잔느는 이 모든 풍경들이 연극의 무대 장치처럼 신기하고 새롭게 여겨졌다.

어떤 집의 담을 돌아가자 갑자기 바다가 나타났다. 불투명하고도 매끄러운 푸른 바다가 끝없이 펼쳐져 있었다. 두 사람은 바닷가에서 걸음을 멈췄다.

새의 날개처럼 하얀 돛을 단 범선들이 바다를 지나가고 있었다. 오른편에도, 왼편에도 거대한 절벽이 우뚝 솟아 있었다. 곶처럼 튀어나온 것이 한쪽 시야를 가리고 있었고, 다른 쪽으로는 해안선이 더 이상 알아볼 수 없을 정도로 무한히 펼쳐져 있었다.

뱃사람 하나가 생선을 팔기 위해 다가왔다. 잔느는 손수 레 퓌플로 가져가고 싶어서 가자미 한 마리를 샀다. 그러자 그 남자는 뱃놀이를 할 생각이 있으면 도와드리겠다고 제안하면서, 자기 이름을 그들에게 기억시키려고 "라스티크, 조제팽 라스티크입니다."라고 거듭 되풀이하여 말했다.

남작은 절대로 그를 잊지 않겠다고 약속했다. 그러고 나서 두 사람은 저택으로 가는 길로 접어들었다.

두 사람은 서늘한 바람을 이마에 받으면서 눈을 반짝이며 어린아이처럼 유쾌하게 지껄이면서 걸어갔다. 그러는 동안 점점 팔에 힘이 빠져서, 가자미의 커다란 꼬리가 풀밭에 질질 끌렸다.

2

잔느에게는 즐겁고도 자유로운 생활이 시작되었다. 책을 읽고, 공상에 잠기고, 혼자서 가까운 곳을 돌아다니기도 했다. 공상에 빠진 채 길을 따라 천천히 돌아다니거나, 갈대꽃의 털로 무성하고, 구불구불한 작은 골짜기를 깡충거리며 내려가기도 했다.

또한 먼 바닷가에서 해변으로 몰려드는 파도 소리가 그녀의 가슴을 흔들어 놓곤 했다.

때때로 그녀는 나른해져서 언덕의 무성한 풀밭에 드러눕기도 했다. 또한 이따금 골짜기를 돌아가다가 움푹 꺼진 잔디밭 저편으로 돛단배가 하나 떠 있고, 햇빛에 번쩍이는 세모꼴의 푸른 바다가 눈에 띌 때면, 마치 그녀에게 감도는 행복이 신비롭게 다가오는 듯하여 걷잡을 수 없는 기쁨에 사로잡히곤 했다.

그녀는 땅에 씨앗을 던지듯이 곳곳에 추억의 씨를 뿌렸다. 그것은 죽을 때까지 뿌리내리고 자라날 그런 추억이었다. 그녀는 이 계곡의 굽이굽이마다 자기의 마음을 조금씩 던지는 것처럼 느껴졌다.

남작은 남작대로 농업에 관한 커다란 계획을 골똘히 생각하고 있었다. 그는 시도를 해보고, 진행을 구체화하며, 새로운 기계를 시험해 보고, 외국 품종을 이식해 보고 싶었다. 그래서 그는 하루의 한나절을 그가 구상하고 있는 것들이 의심쩍어서 고개를 갸웃거리는 농부들과 이야기를 하는 것으로 시간을 보냈다.

또한 그는 이포르의 뱃사공들과 함께 자주 바다에 나갔다. 주위의 동굴이나 샘, 그리고 기암괴석 같은 것을 보고 나면 그는 어부가 되어 고기를 잡고 싶다는 생각도 했다.

또 남작은 전날에 던져 놓은 그물을 건져 올리기 위해 환한 달빛을 받으며 떠나기도 했다. 그는 삐걱거리는 돛대 소리를 듣거나 윙윙대는 밤바람을 들이마시는 것이 무척 좋았다.

그는 식사 때면 으레 자기가 멀리까지 갔다 온 바다 산책에 대한 이야기를 하느라 정신이 없었다. 그러면 부인은 부인대로 자기가 포플러가 있는 큰 가로수 길을 몇 번이나 왔다 갔다 했는가를 이야기했다.

그 길은 쿠이야르 농장의 맞은편에 있는 오른쪽 길이었다. 다른 길은 햇빛이 많이 들지 않았기 때문이다. 의사가 운동을 하라고 권유하여, 부인은 걷는 데 온 힘을 다했다.

밤의 서늘한 기운이 가시면, 부인은 로잘리의 팔에 기대어 가로수 길로 산책을 나갔다. 그녀는 온몸을 망토 하나와 두 개의 숄로 감싸고, 머리에는 까만 부인용 모자를 쓴 다음 그 위에 빨간 털모자를 또 썼다. 게다가 오른쪽 발은 절고 왼발은 끌면서 걸었기 때문에 가로수 길의 처음부터 끝까지 갔다 돌아오면 길을 따라 내려갈 때 하나, 돌아올 때 하나의 자국을 내곤 했다. 그러다 보면 그곳의 풀이 시들어서 죽어 있기 마련이었다.

그런데도 그녀는 이렇게 저택의 모퉁이에서부터 작은 숲의 첫 번째 관목이 있는 곳까지 일직선으로 끝없이 걷는 것을 되풀이했다.

그녀는 이 산책길의 양쪽에 벤치를 놓아 두도록 했다. 그리고 5분마다 한 번씩 걸음을 멈추고는, 참을성 있게 자기를 부축하고 있는 가련한 하녀에게 이렇게 말하곤 했다.

"앉자, 얘야. 숨이 차는구나."

그리고 벤치 위에다 어떤 때는 머리 위에 쓰고 있던 털모자를 벗어 놓고, 어느 때는 숄을 그리고 또 하나의 숄을, 그 다음에는 모자와 망토를 차례로 벗어 놓는 것이었다. 그리하여 가로수 길 양끝에 두 개의 커다란 옷 보따리가 생겼는데, 로잘리가 점심을 먹으러 돌아올 때 한 팔로 남작 부인을 부축하고서 그것을 들고 오곤 했다.

그녀는 비가 오는 날이면 방에 틀어박혀서 그녀가 '기념물'이라고 부르는 것을 들여다보면서 하루를 보냈다. 그것은 모두 부인이 받은 옛날 편지들이었다. 그녀의 아버지와 어머니의 편지, 약혼 시절에 남작이 보낸 편지, 그리고 그 밖에 또 다른 편지들도 있었다. 그녀는 이 편지들을 구리로 만든 스핑크스가 네 귀퉁이에 장식되어 있는 마호가니 책상 속에 넣어두었다. 그래서 그녀는 그것을 볼 때면 여느 때와 다른 목소리로 말하곤 했다.

"로잘리, 기념물이 들어 있는 서랍을 이리 가져오렴."

로잘리가 책상을 열고 서랍을 빼내 안주인 곁에 있는 의자 위에 올려 놓으면, 부인은 천천히 그 편지들을 하나하나 읽기 시작했다. 가끔은 그 편지 위에 눈물을 떨어뜨리기도 하면서…….

잔느는 가끔 로잘리를 대신하여 어머니를 부축해서 산책을 하기도 했는데, 그럴 때면 어머니는 잔느에게 어린 시절의 추억을 이야기해 주곤 했다.

잔느는 그런 이야기를 들을 때마다 옛날이야기 속에 나온 사람들도 생각이 비슷하다는 것과, 그들이 바라는 욕망도 같다는 사실에 놀라곤 했다. 실은 이 세상에 처음 나타난 인간도 이미 똑같은 감각에 가슴이 설렐 것이고, 이 세상의 마지막 남녀들도 같은 감각에 심장이 고동칠 테니 말이다.

오후에 두 모녀가 안쪽의 벤치에 앉아 쉬고 있을 때, 그들은 산책길 끝에서 그들을 향해 오고 있는 뚱뚱한 신부를 발견했다. 그는 멀리서 미소 띤 얼굴로 인사를 하고는, 세 걸음쯤 되는 거리에 와서 다시 인사를 하며 소리쳤다.

"남작 부인, 그동안 안녕하셨습니까?"

그는 그 지방의 주임 신부였다. 부인은 철학자들의 전성기에 태어나 혁명 시대에 그다지 신앙심이 없는 아버지에 의해 키워졌기 때문에, 여자가 갖는 일종의 종교적 본능으로 신부들을 좋아 하기는 했으나 성당에는 거의 나가지 않았다. 그녀는 그곳의 주임 신부인 피코 신부를 완전히 잊고 있었기 때문에, 그를 보자 얼굴이 빨개졌다.

부인은 자신이 먼저 찾아뵙지 못한 것에 대해 사과했다. 그러나 호인인 신부는 조금도 언짢아 하는 기색이 보이지 않았다. 그는 잔느를 바라보며 훌륭한 용모를 가졌다고 칭찬하고 나서, 벤치에 앉아 무릎 위에 삼각모를 벗어놓고 이마의 땀을 씻어냈다.

지나치게 뚱뚱하고, 얼굴이 몹시 빨간 신부는 비 오듯이 땀을 흘렸다. 그는 주머니에서 땀에 젖은 커다란 체크무늬 손수건을 꺼내 얼굴과 목을 연신 닦았다.

그는 쾌활한 성격의 전형적인 시골 신부로, 너그럽고 말이 많았지만 누구에게나 친절했다. 그는 여러 가지 이야기를 늘어놓고 마을 사람들에 대해 말하면서도, 자기 관할 지역에 있는 이 두 사람이 아직 미사에 참석하지 않는다는 사실을 모르고 있는 것 같았다.

남작 부인은 자기의 확실치 않은 신앙심에 게으름을 일치시키고 있었고, 잔느는 경건한 의식을 실컷 맛본 수녀원에서 해방된 것을 너무 행복해 하고 있었기에 미사 참례에 신경을 쓰지 않았던 것이다.

그때 그곳에 남작이 나타났다. 범신론적인 종교관을 가지고 있는 그는 가톨릭 교리에 대해서는 무관심했지만, 그전부터 알고 지내는 신부에게는 친절하게 대하면서 저녁 식사를 하고 가라고 권했다.

남작 부인은 신부에게 극진히 대했는데, 그것은 서로 통하는 사람끼리 접근시키는 친화력, 그러니까 뚱뚱한 신부의 붉은 얼굴과 가쁜 숨소리가 부인의 심장 비대증을 위로해 주었기 때문인지도 모른다.

디저트가 나올 무렵에는 신부가 얼큰하게 취해 신부다운 훌륭한 말솜씨를 발휘했는데, 그것은 즐거운 식사 끝에 자연스럽게 나오는 허물없는 태도로 여겨졌다.

그는 갑자기 흐뭇한 생각이 떠오른 듯이 큰 소리로 말했다.

"우리 교구에 새 신자가 한 사람 생겼는데, 소개해 드려야겠군요. 드 라마르 자작이라는 사람입니다."

이 지방의 모든 가문을 속속들이 알고 있는 남작 부인이 물었다.

"그분은 위르의 드 라마르 집안이신가요?"

신부가 머리를 끄덕였다.

"그렇습니다, 부인. 작년에 작고한 장 드 라마르의 아들입니다."

무엇보다도 귀족을 좋아하는 아델라이드 부인은 여러 질문을 던진 끝에 다음과 같은 사실을 알아냈다.

'이 젊은이는 가문의 저택을 팔아 아버지의 빚을 정리하고, 에투방의 마을에 있는 세 개의 농장 중 한 곳에 잠시 머무르기 위해 임시 거처를 두고 있다. 그의 재산은 연금 5, 6천 프랑쯤 된다. 그러나 자작은 검소한 데다가 현명한 성격이어서, 그 임시 거처에서 2, 3년 동안 검소하게 생활하여 사교계에 나설 만한 재산을 모을 계획이다. 그리하여 빚을 지거나 농장을 저당

잡히는 일 없이 유리한 결혼을 할 생각이다.'

신부는 덧붙였다.

"아주 호감이 가는 청년이지요. 아주 건실하고 조용하고요. 그렇지만 이곳에서는 별로 즐겁지 않은가 봅니다."

남작이 말했다.

"그분을 우리 집으로 데려오세요, 신부님. 그분에게는 기분 전환이 될 수도 있을 테니까요."

그러고 나서 화제를 바꿨다.

거실로 들어가서 커피를 마시고 나자, 신부는 정원을 한 바퀴 돌겠다고 했다. 그는 식사 후에 운동을 하는 버릇이 있었기 때문이다.

남작도 따라나섰다. 그들은 저택의 하얀 정면을 따라서 느릿느릿 걸음을 옮겼다. 한 사람은 마르고 또 한 사람은 작고 뚱뚱한 데다가 버섯 모양의 모자를 쓰고 있었는데, 그들의 그림자는 달을 향해서 걷거나 달을 등지고 걸어가는 데 따라 앞서기도 하고 뒤지기도 했다.

신부는 주머니에서 궐련 비슷한 코담배를 꺼내 우물우물 씹었다. 그는 시골 사람의 솔직한 말투로 담배의 효용을 설명했다.

"소화가 좀 안 돼서요. 코담배는 소화시키는 데 도움이 되지요."

그러고는 갑자기 밝은 달이 떠가는 하늘을 바라보며 말했다.

"이런 광경은 언제 보아도 싫증이 나지 않는군요."

그리고 그는 여자들에게 작별 인사를 하러 안으로 들어갔다.

3

다음 일요일이 되자, 남작 부인과 잔느는 신부에 대한 미묘한 공경심에 이끌려 미사에 참석했다. 두 사람은 미사가 끝난 후, 목요일 점심에 신부를 초대하기 위해 그를 기다리고 있었다.

신부는 키가 크고 품위 있는 어떤 청년과 다정하게 팔을 끼고 제의실에서 나왔다. 두 여자를 알아본 신부는 기쁘고 놀란 듯 소리쳤다.

"아, 마침 잘됐군요! 남작 부인과 잔느 양, 여러분의 이웃인 드 라마르 자작님을 소개하겠습니다."

자작은 허리 굽혀 인사를 하고 나서, 이미 오래전부터 가까이 지내고 싶었노라고 말했다. 이야기를 하는 폼이 사회 경험이 풍부한 신사답게 거침없었다.

그는 남자들에게는 까닭 없이 불쾌감을 주는 인상이었으나, 여자들에게는 동경의 대상이 될 만한 훌륭한 용모를 지니고 있

었다.

그의 검은 곱슬머리는 햇빛에 그을어 매끈한 이마를 덮고 있었고, 그린 듯이 고르고 굵은 눈썹은 흰자위에 푸른빛이 어려 있는 그의 검은 눈을 깊고 부드럽게 보이도록 해 주었다.

속눈썹은 촘촘하고 길었는데, 살롱에서는 귀부인의 마음을 설레게 하고 거리에서는 바구니를 끼고 나온 모자 쓴 아가씨의 눈길을 끌 만큼 정열적인 분위기를 풍겼다.

번민하는 듯한 눈매는 사색적인 느낌을 주기에 충분했고, 아무리 대수롭지 않은 말을 하더라도 그럴듯하게 여겨질 만한 인상이었다. 무성하면서도 윤기가 도는 고운 수염은 약간 강하게 보이는 턱을 적당하게 가려 주고 있었다.

그들은 서로 인사를 나누고 헤어졌다.

드 라마르 씨는 이틀 후에 처음으로 남작의 집을 방문했다. 그가 왔을 때, 남작의 집 식구들은 거실 창문 맞은편에 있는 커다란 플라타너스 아래에다 시골풍이 나는 벤치를 내다 놓고 쓸 만한지 살펴보고 있었다.

남작은 마주 보고 앉을 수 있도록 보리수 밑에 또 하나의 벤치를 갖다 놓고 싶어 했다. 그러나 짝지어 나란히 앉는 것을 싫어 하는 부인이 한사코 이를 말렸다.

자작에게 의견을 묻자, 자작은 남작 부인의 의견에 동의했다.

그러고 나서 그는 이 지방에 관한 이야기를 했다. 혼자 여기저기 거닐어 보니 '그림처럼 아름다운' 곳이 많더라고 했다.

그의 시선은 우연처럼 간간이 잔느와 마주쳤다. 그녀는 갑작스런 눈길에 당황하여 얼른 딴 데로 시선을 돌렸지만, 이상하면서도 야릇한 느낌을 받았다. 그 눈길에는 애무하는 듯한 찬미와 막 눈뜨기 시작한 교감이 담겨 있었다.

이야기를 하다 보니 작년에 세상을 떠난 드 라마르 씨의 아버지는 남작 부인의 아버지인 퀴르토 씨의 친구 한 분과 잘 아는 사이였다. 이렇게 아는 사람이 있음을 알게 되자, 인척 관계를 캐고 연대를 따져 가면서 끝도 없이 이야기가 이어졌다.

게다가 기억력이 비상한 남작 부인은 복잡한 족보의 미궁 속을 전혀 혼동하지 않고 다른 가문의 혈통 관계를 시시콜콜하게 따져 들어갔다.

남작은 원래 비사교적인 성격인 데다 사회적인 신분이나 지위에 맞지 않는 교육을 받아 왔기 때문에, 주변의 귀족 가문들에 대해서는 거의 아는 것이 없었다. 그래서 그는 자작에게 그 가문들에 대해 물었다. 드 라마르 자작이 대답했다.

"아! 이 지방에는 귀족이 많지 않습니다."

그것은 마치 '언덕에는 토끼가 별로 없다.'고 단언하는 것과 같은 어조였다. 그러고 나서 자작은 자세히 이야기를 하기 시작했다.

아주 가까운 거리 안에는 귀족이 세 집안밖에 없었다. 드 쿠트리에 후작, 그는 노르망디 귀족의 우두머리 격이었다. 드 브리즈빌 자작 부처, 그들은 훌륭한 혈통의 사람들이지만 너무 고립되어 있었다. 끝으로 드 푸르빌르 백작, 그는 성격이 괴팍하여 아내를 죽도록 못살게 군다는 소문이 나 있는 도깨비 같은 사람으로서 호수 위에 세운 브리에트의 저택에서 사냥을 하며 지낸다고 했다. 그 밖에 자기들끼리 친교를 맺고 있는 몇몇 벼락부자들이 여기저기에 땅을 사들였지만, 자작은 그들에 대해서는 전혀 알지 못했다.

그는 작별 인사를 했다. 그의 마지막 시선은 잔느에게로 향했는데, 다른 사람들한테보다도 더욱 공손하고 부드럽게 작별 인사를 하려는 것 같았다.

남작 부인이 그를 나무랄 데 없는 신사다운 사람이라고 하자, 남작도 맞장구를 쳤다.

"맞아, 확실히 기품 있는 집안에서 자란 예의 바른 젊은이구먼."

다음 주일에는 그를 만찬에 초대했고, 그 뒤로 그는 규칙적으로 찾아왔다.

그는 대개 오후 네 시경에 와서는 남작 부인의 가로수 길에서 부인을 만나 그녀의 운동을 도와주기 위해 팔을 내밀어 주곤 했다.

자작은 잔느에게는 거의 말을 걸지 않았다. 그러나 까만 비로드 같은 그의 눈은 푸른 마노(瑪瑙) 같은 잔느의 눈과 곧잘 마주치곤 했다.

그들은 이따금 남작과 함께 이포르로 내려갔다. 어느 날 저녁, 그들이 바닷가를 산책하고 있을 때 라스티크 영감이 다가와 파이프를 문 채 — 아마 파이프를 물지 않은 그를 본다는 것은 그의 코가 없어진 것을 보는 것보다 더 놀라운 일일 것이다 — 이렇게 말했다.

"남작 나리, 바람이 이 정도라면 내일은 에트르타까지 나가도 문제없이 돌아올 수 있겠습니다."

잔느는 손뼉을 쳤다.

"아! 아버지, 그러실 거죠?"

남작은 드 라마르 씨 쪽을 돌아다보며 의향을 물었다.

"자작, 어떻소? 우리 내일 그리로 가서 점심을 먹읍시다."

그렇게 해서 당장 계획이 세워졌다.

잔느는 새벽에 눈이 떠졌다. 그녀는 옷 입는 것이 더딘 아버지를 기다렸다. 그리고 그들은 이슬에 젖은 들판을 가로지르고, 그 다음에는 새들의 노래로 시끄러운 숲을 지나갔다. 자작과 라스티크 영감은 닻줄을 감아올리는 기계 위에 걸터앉아 있었다.

두 명의 다른 뱃사람들이 출발을 거들어 주었다. 남자들이 어깨를 뱃전에 대고 힘껏 밀어붙이자, 배가 자갈이 깔려 있는 평평한 곳으로 나아갔다.

잠시 후 경사진 곳에 다다르자, 배는 갑자기 움직이면서 천이 찢어지는 듯한 요란한 소리를 냈다. 배는 둥근 자갈 위로 미끄러져 내려가다가 잔물결이 넘실거리는 거품 위에서 갑자기 멈춰 섰다.

그러자 뭍에 남아 있던 두 뱃사람이 배를 물결 위로 밀어냈다. 바다에서 계속 불어오는 가벼운 미풍이 수면을 스치면서 잔물결을 일으켰다. 돛이 올라가고 약간 부풀어 오르더니, 배는 조용히 흔들리면서 바다로 나아갔다.

배는 해안에서 멀리 나갔다. 수평선 쪽으로 낮게 드리운 하늘은 바다와 맞닿아 있었다.

저편 멀리 창문처럼 생긴 구멍이 뚫린 야릇한 모양의 둥그스름한 바위는 마치 파도 속에 코를 박은 큰 코끼리의 형상처럼 보였다. 그것은 에트르타의 작은 문 바위였다.

잔느는 흔들리는 파도에 약간 현기증이 나서, 한 손으로 뱃전을 잡고 먼 곳을 바라보고 있었다. 그녀는 천지 만물 가운데에서 손꼽을 만큼 아름다운 것은 빛과 공간과 물, 오직 이 세 가지라고 생각했다.

뱃머리에 앉아 있는 남작은 돛을 살피면서 한 사람의 임무를 해내고 있었다. 잔느와 자작은 나란히 앉아 있었는데, 두 사람 다 좀 거북해 하는 듯했다. 알 수 없는 어떤 힘이 그들의 시선을 마주치게 했고, 서로 잡아끄는 힘이 암시한 듯 두 사람은 똑같은 순간에 눈을 들곤 했다.

두 사람 사이에서, 남자가 못생기지 않고 여자가 아름다울 때 필연적으로 생기는 감정이 이미 싹트고 있었던 것이다. 그들은 함께 있다는 것만으로도 행복함을 느꼈다. 아마도 두 사람이 서로를 생각하고 있었기 때문인 것 같았다.

잔느가 이 풍경에 완전히 도취되어 중얼거렸다.

"아아, 너무나 아름다워요!"

"아, 네. 정말 아름답군요!"

자작이 맞장구를 쳤다.

아침의 청명한 빛은 두 사람의 마음속에 메아리 같은 것을 일게 해 주었다.

갑자기 에트르타의 문 모양의 커다란 바위가 나타났는데, 그것은 배들이 드나들 수 있을 만큼 높은 아치 구실을 하기도 했다. 한쪽 끝이 희고 뾰족한 바위 탑이 첫 번째 활 모양의 아치 앞에 우뚝 솟아 있었다.

배가 바닷가에 닿았다. 남작이 먼저 내려가 밧줄을 끌어당겨 배를 바닷가에 매어 두는 동안, 자작이 잔느의 발이 물에 젖지 않도록 두 팔로 안아 땅에 내려놓았다. 그러고 나서 두 사람은 이 짧은 포옹에 몹시 흥분한 상태에서 단단한 자갈밭을 걸어 올라갔다.

그때 그들은 라스티크 영감이 남작에게 불쑥 말하는 소리를 들었다.

"제 생각으로는 아름다운 한 쌍이 곧 생겨날 것 같구먼요."

바닷가에 있는 작은 주막에서의 점심은 참으로 즐거웠다.

바다 위에 있는 동안은 목소리와 생각을 마비시켜 그들을 침묵하게 했으나, 식탁에 앉은 그들은 마치 방학을 맞이한 학생들처럼 지껄이기 시작했다.

아주 하찮은 일에도 그들은 한껏 기쁨을 느꼈다.

커피를 마시고 난 후 잔느가 말했다.

"산책하지 않을래요?"

자작이 자리에서 일어서자, 남작은 자갈 위에서 햇볕을 쬐는 것이 더 좋다면서 말했다.

"자네들이나 갔다 오게. 한 시간 후에 여기에서 다시 만나도록 하지."

그들은 그 마을에 있는 초가집 몇 채를 똑바로 가로질러 갔다. 그리고 농장인 듯한 작은 저택을 지나 길게 뻗어 있는 골짜기로 들어갔다.

파도의 움직임이 몸의 균형 감각을 잃어버리게 한 데다 소금기를 머금은 바다가 한층 더 시장기를 느끼게 해주던 참에 막 끝낸 점심 식사가 그들을 다소 멍하게 만들었으며, 크게 웃고 나서인지 신경이 얼마간 흥분된 것 같았다. 그리하여 그들은 들판을 미친 듯이 달리고 싶은 욕망에 사로잡혀 있었다.

잔느는 이제까지 겪어 보지 못한 새롭고 초조한 감정에 들떠, 귀에서 윙윙거리는 소리가 나는 것처럼 느껴졌다.

저 멀리 오른쪽으로 작은 숲이 보여 그들은 그리로 갔다. 두 비탈 사이로 난 험한 좁다란 산책길이 햇빛이 뚫고 들어갈 수 없을 만큼 커다란 나무들 밑으로 뻗어 있었다.

그들은 앞으로 나아갔다. 잔느가 입을 열었다.

"저기에 앉을 만한 곳이 있군요."

그들은 서로에 대해서 이야기를 했다. 사람들이 마음속 이야기를 털어놓을 때 쓰는 나직하고도 은근한 목소리로 자신들의 습관이나 취미에 대해 이야기했다.

자작은 이미 사교계에 염증이 났으며, 판에 박힌 듯한 무미건조한 생활도 지겹다고 했다. 그곳에서는 진실함이나 성실함 따위는 전혀 찾아볼 수 없노라고 했다.

사교계! 잔느는 그것이 어떤 것인지 정말 알고 싶었다. 그러나 그녀는 그것이 전원에 비길 만큼 가치가 있는 것은 아니라는 것을 이미 확신하고 있었다.

그들은 마음이 가까워질수록 더욱더 '무슈'니 '마드무아젤'이니 하는 격식을 차려서 서로를 불렀다. 또한 그들의 마주치는 눈길은 웃음꽃을 피우며 더욱더 얽혀들었다. 그들의 마음속에 어떤 새로운 호의가 스며들어 오면서, 그동안 눈여겨 보지 않았던 많은 것에 대한 관심이 두 사람의 마음속에서 싹트고 있었다.

그들은 다시 돌아갔다. 그러나 남작은 이미 절벽 꼭대기에 걸려 있는 '처녀의 방'이라는 동굴로 간 뒤였으므로, 그들은 주막에서 남작이 오기를 기다렸다.

남작은 바닷가에서 오랫동안 산책을 하고 나서 저녁 5시가 되어서야 나타났다.

그들은 모두 다시 배에 올랐다. 배는 바람을 뒤로 받으며 부드럽게 나아갔다. 배는 앞으로 나아가는 것을 느끼지 못할 만큼 조금도 흔들리지 않았다.

바다가 다시 그들을 침묵하게 만들었다. 마침내 잔느가 입을 열었다.

"저는 여행하는 것이 너무나 좋아요!"

자작이 대답했다.

"네, 하지만 혼자 여행하는 것은 쓸쓸하지요. 서로의 감회를 전하기 위해서는 적어도 두 사람은 있어야 합니다."

그녀는 곰곰이 생각했다.

"그건 그래요. …하지만 저는 혼자 산책하는 것을 좋아해요. 혼자 공상에 잠겨 있을 때에는 기분이 참으로 좋거든요."

자작은 그녀를 오랫동안 바라보았다.

"공상은 둘이서 할 수도 있지요."

그녀는 눈을 내리깔았다. 이것은 하나의 암시일까? 아마 그럴지도 모른다. 그녀는 좀 더 먼 곳을 보려는 듯이 수평선을 바라보았다. 그러다가 느린 목소리로 말했다.

"이탈리아에 가 보고 싶어요. 그리고 그리스에도요. 아! 그래요, 그리스에……. 그리고 코르시카! 그곳은 퍽 야성적이고 아름다울 거예요!"

자작은 목자들의 산장과 호수들 때문에 스위스가 더 좋다고 했다. 잔느가 말했다.

"저는 그렇지 않아요. 코르시카처럼 아주 새로운 지방이나 그리스같이 유서 깊은 유적들이 많은 나라가 좋아요. 그러한 현장들을 본다는 것은 정말 기분 좋은 일일 거예요."

자작은 잔느처럼 흥분하지 않고 말했다.

"저는 영국에 몹시 호감이 갑니다. 그곳은 매우 배울 것이 많은 나라거든요."

이렇게 그들은 세계 여러 나라에 대해 이야기를 나누었다.

그때 수평선으로부터 서늘한 기운이 밀려왔다. 마치 삼켜진 태양이 세상에다 마음을 진정시키는 숨을 내쉬는 듯한 한 줄기 기운이 흔들리는 바다의 가슴에 주름살을 지게 했다. 황혼은 짧았다. 별이 총총한 밤이 펼쳐졌다. 라스티크 영감은 노를 잡았다. 그러자 바다가 인광을 발하는 것처럼 느껴졌다.

잔느와 자작은 나란히 앉아서 배가 뒤에 남기는 움직이는 빛을 바라보고 있었다. 그들은 이제 거의 아무런 생각도 하지 않았다. 다만 감미로운 편안함 속에서 저녁 공기를 마시면서 막연히 생각에 잠겨 있는 것이었다. 잔느가 한 손을 걸상에 갖다 대고 있었기 때문에 우연이기라도 한 것처럼 자작의 손가락 하나가 그녀의 살갗에 닿았다. 그녀는 이 가벼운 접촉에 놀라면서도 황홀한 마음이 되어 움직일 수가 없었다.

저녁때 자기 방으로 들어가자, 그녀는 무엇을 보아도 울고 싶은 마음이 들 정도로 마음이 들떠 있음을 느꼈다.

그녀는 책상서랍 속에 낡은 인형을 감추어 두었던 것이 생각났다. 그녀는 인형을 가슴에 껴안고는 생각에 잠겼다.

밀어로 약속하던 그분은 더할 나위 없이 선량하신 하느님의 뜻으로 만나게 될 나의 남편일까? 그분은 나를 위해 창조된 존재며, 나의 생애를 바쳐 사랑하고 싶은 바로 그 사람일까? 우리들은 사랑으로 결합하여 떨어질 수 없는 사랑의 열매를 맺게 될 운명으로 만나게 된 것일까?

그녀는 지금까지 마음의 혼란스러운 충동과 미칠 듯한 황홀감, 자신이 열정이라고 믿고 있는 심오한 격동을 조금도 느껴본 적이 없었다. 그러나 지금 그녀는 그 사람을 사랑하기 시작한 것 같았다. 그 사람을 생각하면 가끔 온통 기운이 빠지는 것 같은 기분을 느꼈기 때문이다.

그녀는 줄곧 그에 대한 생각을 했다. 그가 곁에 있으면 가슴이 두근거렸고, 그의 시선과 부딪치면 얼굴이 붉어졌으며, 그의 목소리를 들으면 온몸이 떨렸다.

그녀는 그날 밤 아주 조금밖에 자지 못했다. 날이 갈수록 사랑하고 싶다는 애절한 욕망이 더욱더 그녀를 사로잡았다. 그녀는 끊임없이 자문자답했고, 데이지 꽃과 구름에게 묻기도 했으며, 그리고 동전을 공중에 던져 점쳐 보기도 했다.

그러던 어느 날 저녁, 아버지가 그녀에게 말했다.

"내일 아침에는 아름답게 차리도록 해라."

"왜요, 아빠?"

"그건 비밀이다."

다음 날 산뜻하게 단장한 후 아래층으로 내려가자, 거실의 테

이블 위에는 과자 상자가 쌓여 있었고 의자 위에는 커다란 꽃다발이 놓여 있었다.

그때 드 라마르 자작이 나타났다. 꼭 맞는 바지가 그의 발이 작다는 것을 뚜렷하게 보여주는 귀여운 에나멜 장화를 덮고 있었다. 허리에 꼭 끼는 그의 긴 프록코트의 앞가슴 사이로 셔츠의 레이스가 내다보였다. 몇 번씩 감은 날씬한 넥타이는 특별한 품위를 나타내는 그의 아름다운 갈색 머리를 꼿꼿하게 세우고 있었다. 그는 평소와는 아주 달라 보였다. 마치 저명한 인사 같은 그 무엇인가를 부여하는 특별한 모습이었다.

잔느는 어리둥절해져서 한 번도 본 적이 없는 사람을 보듯이 그를 바라보았다. 그녀는 그가 머리끝에서부터 발끝까지 나무랄 데 없는 귀족, 당당한 귀족이라고 생각했다.

자작은 미소를 지으면서 고개 숙여 잔느에게 인사를 했다.

"준비는 다 되셨나요?"

잔느는 영문을 몰라 더듬거리며 물었다.

"준비라니요? 무슨 일이지요?"

그러자 그 말에 남작이 대답했다.

"곧 알게 될 거다."

수레를 단 마차가 다가왔다. 화려한 차림의 아델라이드 부인이 로잘리의 팔에 의지하여 자기 방에서 내려왔다. 로잘리가 라마르 씨의 우아한 차림에 넋을 잃은 듯이 보였으므로, 남작이 자작의 귀에 대고 나직하게 말했다.

"어떻소, 자작. 우리 하녀가 당신이 마음에 드는가보오."

자작은 귀까지 빨개지면서 못 들은 척했다. 그러더니 커다란 꽃다발을 집어 들어 잔느에게 안겨 주었다. 잔느는 더욱더 놀라며 그것을 받았다.

네 사람은 모두 마차에 올랐다. 부엌 하녀 루디빈느가 남작 부인의 원기를 돋워 주기 위해 차가운 수프를 가져다주며 말했다.

"정말이지 마님, 마치 결혼식을 올리는 것 같군요."

이포르로 들어서자, 네 사람은 마차에서 내렸다. 그들이 마을을 지날 때마다 낡은 옷이지만 깨끗하게 차려입은 뱃사람들이 몰려나와 인사를 하고 남작과 악수를 한 다음 행렬 뒤를 따르기 시작했다. 자작은 잔느와 팔짱을 낀 채 맨 앞에서 걸어갔다.

성당 앞에 이르자, 그들은 걸음을 멈추었다. 그러자 커다란 은빛 십자가가 보였다. 소년 복사가 그것을 똑바로 받쳐 들고 있었고, 붉고 흰 옷을 입은 다른 소년이 성수를 담은 성수 단지를 들고 그 뒤를 따랐다. 이어서 세 사람의 늙은 성가대원이 지나갔는데, 그중 한 사람은 다리를 절었고, 또 한 사람은 뱀 모양의 관악기를 든 악사였다.

그 다음 사람은 불룩 나온 배 위로 접혀 있는 황금빛 영대를 받든 신부였다. 그는 기도문을 외느라고 입술을 달싹이면서, 코까지 내려오는 삼각 모자를 눌러 쓴 채로 흰 옷을 입은 복사단원을 따라 바다 쪽으로 걸어갔다.

바닷가에는 한 무리의 사람들이 화환으로 장식한 새 배를 둘러싼 채 기다리고 있었다. 그 배의 돛대와 돛과 밧줄은 미풍에 휘날리는 긴 리본으로 덮여 있었다. 그리고 그 뒤에는 '잔느'라는 배의 이름이 황금빛 글자로 쓰여 있는 것이 보였다.

배는 남작의 돈으로 만들어진 것이었는데, 이 배의 선장인 라스티크 영감이 행렬 앞으로 나아갔다. 남자들은 약속이라도 한 듯 똑같은 동작으로 일제히 모자를 벗었다.

신부는 두 소년 복사 사이에 서서 배의 한쪽 끝으로 갔다.

투명한 바다는 소리 없이 명상에 잠겨 자기의 품에 안긴 작은 배의 명명식을 지켜보는 듯했다. 파도는 거의 일지 않았으며, 잔물결이 자갈에 가볍게 부딪치는 아주 작은 소리가 들려올 뿐이었다.

5분 동안이나 '아멘'을 외치고 나서야 성가는 끝났다. 그러자 신부는 혀 꼬부라진 소리로 몇 마디의 라틴어를 웅얼거렸으나, 사람들은 울려 퍼지는 억양밖에는 듣지 못했다. 그러고 나서 신부는 성수를 뿌리면서 배를 한 바퀴 돌았다. 그런 다음 이번에는 뱃전의 옆에서 손을 맞잡고 서 있는 대부(代父)와 대모(代母)

앞에서 기도문을 중얼거리기 시작했다.

자작은 미남다운 의젓한 얼굴을 하고 있었으나, 잔느는 갑작스러운 감동에 숨이 막혀 기절할 같아서 이가 맞부딪칠 정도로 떨기 시작했다. 얼마 전부터 그녀의 머릿속에서 떠나지 않던 꿈이 갑자기 현실의 모습을 하고 나타난 것이었다.

사람들은 혼례에 대해 이야기를 나누고, 신부는 축복을 하고 있었다. 그리고 흰 옷을 입은 복사 단원들이 기도문을 읊조리고 있는 모습을 보자 돌연 어떤 환각이 현실로 나타난 것처럼 여겨지면서, 혼례를 올리고 있는 사람이 바로 자신이 아닐까 하는 생각이 들었다.

그녀의 손가락이 신경질적으로 떨고 있었다. 그녀의 마음속 초조함이 곁에 있는 사람의 마음에까지 전해진 것은 아닐까? 그는 그것을 알았을까? 짐작했을까? 그도 사랑의 도취 같은 것에 사로잡혀 있을까? 아니면 그는 단지 경험으로 어떤 여자도 자기에게는 저항하지 못한다는 것을 알고 있었던 것일까?

그녀는 갑자기 그가 자기 손을 처음에는 부드럽게, 다음에는 좀 더 세게, 그리고는 으스러질 정도로 쥐고 있는 것을 깨달았다. 그러고는 얼굴색 하나 변하지 않고 다른 사람이 눈치채지 않게 말했다. 그렇다! 확실히, 아주 똑똑하게 그는 말했다.

"아아, 잔느. 당신만 좋다면, 이것이 우리들의 약혼식이 되는 겁니다."

그녀는 어쩌면 '네'라고 말하는 듯이 아주 천천히 머리를 숙였다.

그때 아직도 성수를 뿌리고 있던 신부가 그들의 손가락에도 몇 방울 뿌려 주었다.

배에 대한 축복 예식이 끝났다. 여자들이 일어섰다. 돌아갈 때는 흩어져서 갔다.

저택의 뜰에 있는 사과나무 밑에 맛있는 식탁이 차려져 있었다. 예순 명이나 되는 뱃사람과 농부들이 거기에 자리를 잡았다. 남작 부인이 중앙에 앉고, 좌우에는 이포르의 신부와 레 푀플의 신부가 자리했다.

남작은 그 맞은편으로 촌장 부부의 사이에 끼어 자리 잡고 있었다. 촌장의 부인은 여위고 긴 얼굴에 노르망디 식 큰 모자를 쓰고 있었는데, 여기저기에 짤막한 인사를 보내느라 무척 바빴다. 그리고는 마치 코로 접시를 쪼듯 재빠른 동작으로 음식을 먹어댔다.

자작 곁에 앉은 잔느는 행복의 세계로 내달리고 있었다. 그녀는 아무것도 보이지 않았고, 아무것도 알 수가 없었다. 그저 기쁨으로 머리가 멍해져서 입을 다물고 잠자코 있었다.

그녀가 자작에게 물었다.

"당신의 이름은 뭐예요?"

자작이 말했다.

"줄리앙입니다. 아직 모르셨나요?"

그러나 그녀는 대답은 하지 않고 이렇게 생각했다.

'앞으로 이 이름을 얼마나 자주 부르게 될 것인가!'

식사가 끝나자, 앞뜰은 뱃사람들에게 양보하고 저택의 뒤쪽으로 자리를 옮겼다.

남작 부인은 남작에게 기대어 두 신부의 호송을 받으면서 운동을 하기 시작했다.

잔느와 줄리앙은 작은 숲이 있는 데까지 가서 풀이 우거진 오솔길로 들어섰다. 별안간 줄리앙이 그녀의 손을 잡았다.

"말씀해 주십시오. 제 아내가 되어 주시겠습니까?"

그녀가 다시 고개를 숙이자, 그가 더듬거리며 말했다.

"대답해 주세요, 제발!"

그러자 그녀는 아주 조용히 눈을 들어 그를 바라보았다. 줄리앙은 그녀의 눈길 속에서 그 대답을 읽을 수 있었다.

4

어느 날 아침, 남작은 잔느가 일어나기도 전에 그녀의 방으로 들어와 침대 발치에 앉으면서 말했다.

"라마르 자작이 너와 결혼하게 해달라고 청하는구나."

그녀는 이불 속에 얼굴을 감추고 싶었다. 아버지가 다시 말했다.

"대답은 나중으로 미루어 두었다."

그녀는 감동으로 숨이 막혀 새근거렸다. 잠시 후 남작이 미소를 지으며 덧붙였다.

"네게 의견을 듣지 않고는 결혼을 결정하고 싶지 않았다. 네 어머니와 나는 이 결혼에 반대하지 않지만, 네게 강요할 생각은 없어. 너는 그 사람보다 훨씬 부자다. 그러나 인생의 행복을 생각할 때 돈에 구애 받아서는 안 된단다. 그는 부모도 없다. 그래서 네가 그 사람과 결혼하게 되면 그 사람은 우리 집안으로 들어와 아들이 되는 것이고, 반대로 다른 사람과 결혼하면 하나밖에 없는 우리 딸이 남의 집으로 들어가게 된단다. 우리는 그 청년이 마음에 드는데, 네 마음에도 드는지……. 넌 어떠냐?"

그녀는 머리 끝까지 빨개진 채 더듬거리며 말했다.

"저도 좋아요, 아빠."

그러자 아버지는 딸의 눈 속을 들여다보고는 나직이 웃으면서 말했다.

"나도 그러리라고 짐작하고 있었단다, 요 아가씨야."

그녀는 저녁때까지 얼떨떨하게 지냈다. 자신이 무엇을 하는지도 모르고, 기계적으로 이 물건을 집으면 나른 물건이 집히고, 걷지도 않았는데 다리가 아프고 피곤하고 기운이 없었다.

여섯 시경 그녀가 플라타너스 아래에서 어머니와 함께 앉아 있을 때, 자작이 나타났다. 잔느의 가슴은 미칠 듯이 뛰기 시작했다. 젊은이는 별다른 감동도 나타내지 않고 다가왔다. 아주 가까이 왔을 때 그는 남작 부인의 손을 잡고 입을 맞춘 다음, 이번에는 잔느의 떨리는 손을 들어올려 자기의 입술에 갖다 대며 감사와 애정이 담긴 입맞춤을 했다.

이렇게 해서 빛나는 약혼 시절이 시작되었다. 그들은 거실의 구석이라든지 황량한 광야 앞에 있는 작은 숲 속의 비탈진 곳에 앉아 단둘이서 이야기를 나누었다. 때로는 그들은 어머니의 산책길을 걸으며 장래에 관한 이야기를 하기도 했다.

일단 일이 결정되자 모두들 서둘렀다. 그래서 결혼식은 6주일 후인 8월 15일에 거행하기로 했고, 신혼부부는 그 즉시 신혼여행을 떠나기로 결정했다. 가고 싶은 나라가 어디냐고 질문을 받은 잔느는 이탈리아 도시보다도 단둘이 있을 시간이 더 많을 것 같은 코르시카를 택했다.

결혼식에는 남작 부인의 동생인 리종 이모 이외에는 아무도 초대하지 않기로 결정했다. 그 이모는 베르사이유의 어느 수녀원에서 재원자로서 지내고 있었다. 남작 부인은 아버지가 돌아가시자 동생을 자기 집에 데리고 있고 싶어 했다. 그러나 그녀는 노처녀인 자기는 모든 사람을 거북하게 만들고 쓸모없으며 귀찮은 존재라는 생각에 사로잡혀, 쓸쓸하고 고독한 사람들에게 방을 빌려주는 수녀원에 은둔하고 말았다.

그녀는 이따금 찾아와서 한두 달 가족들과 함께 지냈다. 말수가 적고 체구가 작은 이모는 언제나 남의 눈에 띄지 않으려고 식사 때만 겨우 나타났다가, 항상 그녀의 방으로 곧 올라가서 꼼짝도 하지 않곤 했다.

그녀는 이제 겨우 마흔두 살밖에 안 되었는데도 나이보다 늙어 보였으며, 부드러우면서도 슬퍼 보이는 눈을 가지고 있었다.

그녀의 이름은 리즈였는데, 그녀는 이 화려하고도 앳된 이름을 거북스러워하는 것 같았다. 그녀가 결혼하지 않았고, 어쩌면 앞으로도 결혼하지 않을 것 같아서 식구들은 리즈를 '리종'이라고 불렀다. 잔느가 태어난 후로 그녀는 '리종 이모'로 통했다.

그녀는 항상 조용하면서도 재빠른 종종걸음으로 걸어 다녔다. 그녀는 절대로 소리를 내는 적이 없었고, 그 어느 것에도 부딪치는 법이 없었다. 어떠한 소리도 내지 않는 특성을 주위의 사물에게까지 전하는 것처럼 보였다. 그녀의 손은 솜 같은 것으로 만들어지지 않았나 생각될 정도로 그녀는 만지는 모든 것을 가볍게, 그리고 섬세하게 다루었다.

그녀는 잔느가 결혼한다는 말에 마음이 혼란스러워져서 7월 중순경에 도착했다. 그녀는 많은 선물을 가지고 왔으나, 그녀가 가지고 왔기 때문에 아무도 거들떠보지 않았다. 그녀가 온 다음 날부터 사람들은 벌써 그녀가 거기에 있다는 사실을 잊고 있는 듯했다.

그러나 그녀의 마음속에는 이상한 감동이 술렁였으며, 그녀의 눈길은 잠시도 약혼한 두 사람에게서 떠날 줄을 몰랐다. 그녀는 이상하게도 열에 들뜬 듯한 모습으로, 아무도 자기를 보러 오지 않는 그녀의 방에서 일개 침모처럼 일을 하면서 혼수 준비에 몰두하고 있었다. 그녀는 자신이 가장자리를 감친 손수건이라든지, 머리글자를 수놓은 냅킨 같은 것을 남작 부인에게 내보일 적마다 이렇게 묻곤 했다.

"이렇게 하면 되나요, 아델라이드?"

그러면 남작 부인은 무심하게 그것들을 살펴보면서 이렇게 대답하는 것이었다.

"너무 그렇게 애쓰지 마, 리종."

결혼을 2주일 앞둔 잔느는 마치 부드러운 감정에 지친 것처럼, 아주 평온하고 조용하게 지냈다.

드디어 운명이 결정되는 날의 오전에도 무엇을 생각할 여유가 없었다. 그녀는 마치 자신의 살과 피와 뼈가 살갗 속에서 녹아 섞여 버린 듯이 온몸에 커다란 공허감을 느꼈을 뿐이었다. 그리고 물건을 만질 때 자신의 손이 심하게 떨리고 있음을 느꼈다.

그녀는 미사가 진행되는 동안 성가대의 합창 속에서 겨우 자신을 되찾았다. 결혼한 것이다! 이렇게 그녀는 결혼을 했다!

그녀는 새벽부터 이루어진 일들이나 움직임, 사건의 연속이 하나의 꿈처럼 여겨졌다. 주위에 있는 모든 것이 달라져 보이는 것 같은 순간이었다. 몸짓들마저도 어떤 새로운 의미를 지니고 있었고, 시간까지도 평소처럼 흘러가는 것 같지 않았다.

그녀는 처녀로서 잠자리에 들었었다. 그러나 이제 그녀는 누군가의 아내가 되어 있었다. 이렇게 그녀는 그간 꿈꾸어 왔던 행복과 더불어 미래를 가로막고 있던 울타리를 넘어선 것이다. 그녀는 자기 앞에 하나의 문이 열려져 있는 것 같은 느낌이 들었다. 그녀는 기다리고 있었던 곳으로 막 들어서려는 참이었다.

어느덧 결혼 예식이 끝났다. 아무도 초대하지 않았기 때문에 텅 빈 성당 안을 지나 그들은 밖으로 나왔다. 그들이 성당 문에 나타나자 굉장한 폭음이 들려 신부를 깜짝 놀라게 했고 남작 부인을 소리치게 만들었다. 그것은 농부들이 쏜 축포였다. 레 푀플로 갈 때까지 그 축포는 그치지 않았다.

가족들과 신부들과 촌장 그리고 결혼의 증인이 되어 준 인근의 몇몇 지주들을 위해서 간소한 식사가 마련되었다.

저녁 식사가 준비될 때까지 잔느와 줄리앙은 작은 숲을 가로질러 언덕 위로 올라갔다. 그리고 두 사람 모두 아무 말 없이 바다를 바라보았다.

그녀는 자신의 허리를 살며시 휘감는 팔의 감촉을 느꼈다. 그녀는 심장이 빠르게 뛰고 가슴이 뛰어서 아무 말도 할 수가 없었다. 나지막하게 드리워져 있는 나뭇가지가 그들의 머리를 어루만졌다.

두 마리의 무당벌레가 연약한 빨간 조가비처럼 그 위에 몸을 바싹 붙이고 있었다. 그러자 순진한 그녀는 약간 안심이 되어 이렇게 말했다.

"어머, 다정한 한 쌍이로군요."

줄리앙은 그녀의 귀에 가볍게 입을 대었다.

"오늘 밤에 당신은 내 아내가 되는 겁니다."

전원에서 생활하며 많은 것을 배웠음에도 불구하고, 그녀는 아직도 사랑의 시만 꿈꾸고 있었기 때문에 그 말에 깜짝 놀랐다. 오늘 밤에 아내가 되다니? 이미 그렇게 된 것이 아닌가?

그러곤 그는 그녀의 관자놀이와 밑머리가 곱실거리는 목덜미에 재빠르게 짧은 키스를 했다. 그럴 때마다 전혀 익숙하지 않은 이런 키스에 놀라서 그녀는 이 애무를 피하려고 본능적으로 머리를 다른 쪽으로 돌렸다. 그러면서도 이 애무는 그녀를 황홀하게 했다.

그들은 어느새 숲 기슭에 와 있었다. 그녀는 이렇게 멀리 온 것에 당황해서 걸음을 멈추었다. 남들이 어떻게 생각할까? 그녀가 말했다.

"돌아가요."

그는 그녀의 허리에 감았던 팔을 뺐다. 두 사람이 몸을 돌리자, 그들은 마주 보게 되었다. 거리가 가까워지자 그들은 서로의 숨결을 느꼈다. 그들은 두 영혼이 서로 섞여들 것 같은, 강하고 날카로우면서도 꿰뚫는 듯한 시선으로 서로를 바라보았다.

그들은 서로 상대방이 자신에게 어떤 존재가 되어줄 것인가를 생각했다. 그들이 함께 시작하는 이 삶은 어떻게 될 것인가? 그들은 서로 결혼이라는 이 취소할 수 없는 긴 대담에서 기쁨, 행복 또는 환멸을 간직하게 될 것인가? 그런 생각을 하다 보니, 상대방이 갑자기 처음 대하는 사람처럼 낯설게 느껴지는 것이었다.

그런데 줄리앙이 갑자기 그녀의 어깨 위에 두 손을 얹더니, 그녀가 한 번도 받아본 적이 없는 격렬한 키스를 퍼부었다. 그 키스는 밑으로 내려가서 그녀의 혈관과 뼛속까지 깊숙이 스며드는 듯했다. 그녀는 알 수 없는 어떤 충격에 빠져 엉겁결에 줄리앙을 떠다밀었다. 그 바람에 하마터면 자기도 뒤로 넘어질 뻔했다.

"가요, 돌아가요."

그녀가 더듬거리며 말했다. 그는 대답하지 않았으나 그녀의 손을 쥐고 있었다. 그들은 집에 올 때까지 한마디도 나누지 않았다.

남은 오후 시간은 길게 여겨졌다. 해질 무렵에 사람들은 식탁에 앉았다.

저녁은 간단하고 아주 짧았다. 거북스러운 분위기가 손님들을 무력하게 만들었기 때문이다. 두 사람의 신부와 촌장 그리고 초대받은 네 명의 소작인들만이 혼인 잔치에 어울리는 떠들썩한 즐거움을 약간 나타내 보였을 뿐이었다. 웃음소리가 활기를 잃은 듯 싶으면, 촌장의 말 한마디가 다시 웃음을 자아내게 하곤 했다.

남작과 남작 부인은 나지막한 목소리로 말다툼을 하고 있었다. 아델라이드 부인은 평소보다 더 숨 가빠 하면서 남편이 요구하는 것을 거절하는 듯이 보였다. 마침내 그녀가 높은 소리로 외쳤다.

"안 돼요, 여보. 난 할 수 없어요. 그걸 어떻게 말해야 할지 모르겠군요."

그러자 남작이 갑자기 부인 곁을 떠나 잔느에게로 다가왔다.

"얘야, 나와 함께 산책하지 않겠니?"

매우 감동한 잔느가 대답했다.

"좋으실 대로 하세요, 아빠."

그들은 밖으로 나갔다. 그들이 문 앞에 이르자 바다 쪽에서 건조한 미풍이 불어와 그들을 감쌌다.

남작은 딸의 손을 부드럽게 쥐면서 딸의 팔을 자기 몸에 가까이 댔다. 그들은 얼마 동안 걸었다. 그는 결단을 내리지 못하고 당황해 하는 것 같았다. 마침내 그가 결심한 듯 말했다.

"귀여운 내 딸아. 난 네 어머니가 해야 할 어려운 역할을 하려고 한단다. 네 어머니가 그걸 거절했기 때문에 내가 대신할 수밖에 없게 되었단다. 나는 네가 실제적인 일 중에서 무엇을 알고 있는지 모르겠구나. 자식들에게는, 특히 딸들에게는 조심스럽게 숨기고 있는 비밀들이 있단다. 딸들은 마음이 순결한 채로 있어야만 한다. 우리가 딸의 행복을 보살피게 될 남자의 팔에 그 애를 내맡기는 그 시간까지 완전무결하게 순결해야만 한다. 인생의 감미로운 비밀 위에 걸쳐 있는 그 베일을 걷어 올리는 것은 바로 남자가 해야 할 일이란다. 그러나 딸들은 지금까지 어떤 의혹도 스쳐가지 않았기 때문에, 꿈의 뒤에 숨어 있는 약간 동물적인 현실 앞에 맞닥뜨리면 반항하기도 한단다. 영혼뿐만 아니라 육체까지도 상처를 입은 딸들은 인간의 법칙과 자연의 법칙이 절대적인 권리로서 남편에게 허용되는 것을 거부하려고도 하지. 얘야, 나는 그 이상은 더 말할 수가 없구나. 그러나 절대로 이것을 잊어서는 안 된다. 너는 완전히 네 남편에게 속해 있다는 것을 말이다."

정확하게 그녀는 무엇을 알았을까? 그녀는 무엇을 짐작했을까? 그녀는 어떤 예감처럼 견딜 수 없는 우울감에 짓눌려 떨기 시작했다.

그들은 다시 집으로 들어갔다. 뜻밖의 일이 거실 문에서 그들을 멈추게 했다. 아델라이드 부인이 줄리앙의 가슴에 얼굴을 묻고 흐느껴 울고 있었다.

줄리앙은 당황하고 어색한 표정으로, 자기의 애지중지하게 키운 사랑하는 딸을 부탁하기 위해서 자신의 팔에 쓰러질 듯이 기대어 서 있는 뚱뚱한 부인을 받치고 있었다.

남작이 달려갔다.

"아아! 이러지 말아요. 마음 약하게 먹지 말아요, 제발."

그러고는 아내를 잡아 안락의자에 앉혔다. 그러는 동안에 그녀는 얼굴을 닦고 있었다. 남작은 잔느에게로 몸을 돌렸다.

"자, 얘야. 빨리 네 어머니에게 키스하고 가서 자거라."

그녀는 울먹이면서 재빨리 부모에게 키스를 한 후 도망치듯 나갔다.

리종 이모는 벌써 자기 방으로 들어간 뒤였다. 남작과 부인만이 줄리앙과 함께 남아 있었다. 그들 세 사람은 모두 아주 거북스러워하며 아무 말도 하지 않았다.

어색한 분위기를 더 이상 참지 못한 남작이 신혼부부가 며칠 후에 떠나게 될 여행에 대해서 이야기하기 시작했다.

잔느는 자기 방에서 샘물처럼 눈물을 흘리고 있는 로잘리의 손을 빌려 옷을 벗고 있었다. 로잘리의 손이 헛손질을 하는 바람에 잔느는 이제 끈도 핀도 찾지 못했다. 로잘리는 확실히 자기 주인인 잔느보다 더 흥분되어 있는 것 같았다.

그러나 잔느는 하녀의 눈물 같은 것은 거의 생각지도 않았다. 그녀는 자기가 다른 세계로 들어가 있는 것 같이 여겨졌다. 그녀가 알고 있는 모든 것, 그녀가 극진히 사랑하는 모든 것에서 떨어져 나와 다른 세계로 떠나는 것처럼 느껴져 견딜 수가 없었다. 자기의 생활이나 생각이 온통 뒤집혀서 이상한 생각까지 떠오르는 것이었다.

별안간 이상한 느낌이 들면서 '나는 남편을 사랑하고 있는 것일까?' 하는 생각이 들었다. 그러면서 갑자기 남편이 잘 모르는 낯선 사람처럼 여겨졌다. 3개월 전까지만 해도 그녀는 그가 존재하고 있다는 것조차 알지 못했었는데, 지금은 그의 아내인 것이다. 이것은 어떻게 된 일일까? 왜 발밑에 뚫려 있는 구멍 속으로 빠지듯 이렇게 빨리 결혼 속으로 빠져 버린 것일까?

그녀는 침대 속으로 미끄러져 들어갔다. 약간 서늘한 시트가 살갗에 소름을 돋게 하고, 두 시간 전부터 그녀의 영혼을 짓누르고 있던 차디찬 느낌, 고독, 슬픔의 감정이 한층 더 강하게 느껴졌다.

로잘리는 여전히 흐느껴 울면서 도망치듯이 그 방을 나갔다. 잔느는 기다렸다. 그녀는 불안하고 떨리는 가슴으로 무언지 자기로서는 짐작할 수 없는 것, 아버지가 애매한 말로 알려준 것, 사랑의 가장 큰 비밀인 그 신비로운 계시를 기다렸다.

계단을 올라오는 소리도 듣지 못했는데, 누군가가 방문을 가볍게 세 번 두드렸다. 그녀는 몹시 떨려서 아무 대답도 하지 못했다. 다시 문 두드리는 소리가 나더니 이내 열쇠 따는 소리가 났다. 그녀는 마치 도둑이 자기 방에 들어오기라도 하는 것처럼 이불을 뒤집어썼다. 장화 소리가 부드럽게 마루를 울렸다. 그리고 갑자기 누군가가 침대에 손을 댔다. 그녀는 신경질적으로 펄쩍 뛰면서 작은 소리를 질렀다. 얼굴을 내미니 자기 앞에 줄리앙이 서 있는 것이 보였다. 그는 그녀를 바라보며 미소를 짓고 있었다.

"아! 어쩌면 그렇게 사람을 놀라게 하세요?"

그녀의 말에, 그가 대답했다.

"그럼 당신은 나를 기다리지 않았소?"

그녀는 대답하지 않았다. 정장을 하고 있는 그는 미남다운 의젓한 얼굴을 하고 있었다. 그녀는 이토록 단정한 남자 앞에서 이렇게 자리에 누워 있다는 것이 몹시 부끄럽게 여겨졌다.

그들은 무슨 말을 해야 할지, 무엇을 해야 할지 몰랐다. 온 생애의 본질적인 행복이 달려 있는 이 신중하고도 결정적인 시각에 그들은 감히 서로 바라보지도 못 했다.

그는 부드럽게 그녀의 손을 잡고 키스했다. 그리고 마치 제단 앞에 무릎을 꿇듯이 침대 옆에 무릎을 꿇고 앉아, 나직한 목소리로 속삭였다.

"나를 사랑해 주겠소?"

그녀는 갑자기 안심이 되어서, 레이스로 뒤덮은 머리를 베개에서 들며 미소를 지었다.

"전 이미 당신을 사랑하고 있는걸요."

그는 잔느의 가느다랗고 작은 손을 자기의 입에 갖다 댔다. 그리고 손가락이 입을 가리는 바람에 달라진 음성으로 말했다.

"당신이 나를 사랑하고 있다는 증거를 보여 주겠소?"

그녀는 다시 당황해 하며, 자기가 하는 말을 정확하게 이해하지도 못 하면서 아버지가 한 말을 떠올리며 이렇게 대답했다.

"저는 당신 거예요."

그는 그녀의 손목에 촉촉한 키스를 퍼부어 댔다. 그리고 천천히 몸을 일으켜 다시 숨으려고 하는 그녀의 얼굴로 다가갔다. 그는 갑자기 침대 위에서 한 팔을 뻗쳐 시트 너머로 아내를 껴안고, 다른 팔은 베개 밑으로 집어넣어 그녀의 머리를 들어올렸다. 그리고 가만히, 아주 가만히 물었다.

"그렇다면 당신 곁에 나를 위해 아주 작은 자리를 만들어 주시겠소?"

그녀는 두려웠다. 본능적인 두려움이었다. 그래서 이렇게 더듬거렸다.

"아! 아직은 안 돼요. 부탁이에요."

그는 실망한 것 같았고, 조금 기분이 상한 것도 같았다. 그는 여전히 애원조로, 그러나 조금 퉁명스러운 목소리로 말했다.

"우리가 결국 그렇게 될 터인데 왜 미루는 거요?"

그녀는 그 말을 원망스럽게 생각했다. 그러나 단념한 듯 그녀는 다시 한 번 되풀이했다.

"저는 당신 거예요."

그러자 그는 황급히 욕실 안으로 사라졌다. 그녀는 옷 벗는 소리, 주머니 속에서 나는 동전 소리, 한 짝씩 벗어던지는 장화

소리 등을 뚜렷하게 들었다. 곧 그는 팬츠와 양말만 신은 채로 나와서 재빨리 방을 가로질러 벽난로 위에다 시계를 풀어 놓았다. 그러고 나서는 뛰다시피 옆에 붙어 있는 작은 방으로 돌아가 다시 얼마 동안 꾸물거렸다.

잔느는 눈을 감고 얼른 돌아누웠다. 그가 돌아온 기척이 느껴졌다. 그녀는 자기 다리 곁에 차고 털투성이의 다른 다리 하나가 재빨리 미끄러져 들어왔을 때, 바닥에라도 뛰어 내려설 듯이 펄쩍 뛰었다. 제정신이 아닌 그녀는 두 손으로 얼굴을 가린 채 두려움과 당황함으로 금방이라도 소리를 지를 듯한 기분이 되어 침대 한편 구석에서 몸을 웅크렸다.

그는 얼른 그녀를 껴안더니, 그녀가 등을 돌리고 있는데도 불구하고 그녀의 목과 나이트캡의 물결치는 레이스와 수놓은 속옷의 깃에 탐욕스럽게 키스를 했다. 그녀는 자기의 팔꿈치로 가리고 있는 젖가슴을 더듬는 힘찬 손길을 느끼면서 무서운 불안에 몸이 뻣뻣해져 꼼짝도 하지 못했다. 그녀는 이 난폭한 접촉에 깜짝 놀라서 숨을 헐떡거렸다. 그녀는 도망치고 싶었다. 집 밖으로 달려 나가서 어디든지 이 남자로부터 멀리 떨어진 곳에 가서 숨고 싶었다.

그는 이제 움직이지 않았다. 그녀는 자기 등에서 그의 체온을 느꼈다. 그러자 그녀의 공포가 다시 가라앉았다. 그녀는 그에게 키스하면서 돌아누우면 되겠다는 생각이 들었다.

마침내 그는 참을 수 없다는 듯이 슬픈 목소리로 말했다.

"그래, 내 귀여운 아내가 되고 싶지 않다는 것이오?"

그녀는 얼굴을 가린 손가락 사이로 중얼거렸다.

"아직도 당신의 아내가 되지 않았나요?"

그는 기분이 상한 목소리로 대답했다.

"천만에! 나를 너무 놀리지 말아요."

그녀는 그의 불만스러워하는 어조에 마음이 움직이는 것을 느꼈다. 그래서 그에게 용서를 빌기 위해서 갑자기 그를 향해 돌아누웠다. 그는 그녀를 갈망하는 듯이 양팔로 그녀의 허리를 얼싸안았다. 그러고는 재빠르게 물어뜯고, 미칠 듯한 키스를 그녀의 온 얼굴과 가슴에 구석구석 퍼붓더니, 온갖 애무로 그녀를 얼빠지게 만들었다.

그런데 갑자기 날카로운 고통이 그녀를 쥐어뜯었다. 그녀는 그가 난폭하게 자신을 소유하고 있는 동안, 그의 팔 안에서 몸을 비틀며 신음하기 시작했다.

그 후에 그는 다른 시도를 해보려고 했으나 그녀는 공포 때문에 그것을 물리치곤 했다. 그녀가 몸부림을 치는 바람에 이미 자기 다리에서 느꼈던 그 무성한 털이 이번에는 가슴에 닿아 소스라치게 놀라며 몸을 빼냈다. 아무리 달래도 소용없으리라는 것을 안 남편은 똑바로 누운 채 움직이지 않았다.

그녀는 생각에 잠겼다. 그렇게도 다르게 꿈꾸어 오던 도취와 파괴되어 버린 소중한 기대, 이미 무너져 버린 행복의 환멸 속에서 영혼 밑바닥까지 절망하며 중얼거렸다.

"이것이 바로 그가 말하는 아내가 되는 것이었구나. 이것이, 이것이……."

줄리앙이 이제는 말도 건네지 않고 움직이지도 않아서, 그녀는 천천히 그에게로 시선을 돌려보았다. 그런데 그가 입을 반쯤 벌리고 태연스럽게 잠들어 있는 것이 아닌가. 그녀는 그것을 믿을 수가 없었다. 자기를 아무렇게나 취급한 그의 난폭한 짓보다도, 그가 잠들어 있다는 사실에 모욕감이 느껴지면서 화가 치밀어 올랐다.

그녀는 팔꿈치를 베고 그에게로 몸을 돌리고는, 이따금 코고는 소리를 내면서 그의 입술 사이로 새어나오는 가벼운 숨소리를 들으며 꼼짝도 하지 않았다.

날이 밝았다. 처음에는 부옇게, 다음에는 환하게, 다음에는 장밋빛으로, 그 다음에는 활짝 밝아졌다. 줄리앙은 눈을 뜨고 하품을 하며 기지개를 켰다. 그리고 아내를 바라보면서 미소를 지었다.

"잘 잤어, 여보?"

그녀는 '여보'라는 말에 깜짝 놀라 대답했다.

"그럼요. 당신은요?"

그가 말했다.

"아아! 난 아주 잘 잤어."

그러고는 그녀에게로 몸을 돌려 키스했다. 그러고 나서는 조용히 이야기를 시작했다. 그는 경제 관념과 더불어 생활의 계획을 그녀에게 펼쳐 보였다. 여러 번 되풀이하는 이 경제라는 말이 잔느를 놀라게 했다.

시계가 여덟 번 울리자, 그가 말했다.

"자, 일어납시다. 늦게까지 침대에 있으면 우습게 보일 테니까."

그러고는 그가 먼저 침대에서 내려갔다. 그는 자기의 몸치장을 끝내고 나서, 로잘리를 부르는 것을 허락하지 않고 아내의 몸치장을 아주 세세한 것까지도 도와주었다.

잔느가 밖으로 나가려고 하자 그가 붙들어 세우면서 말했다.

"알고 있겠지만, 우리는 친근하게 '여보'라고 불러도 상관없지만 부모님 앞에서는 아직 삼가는 것이 좋겠소. 신혼여행에서 돌아온 후에는 아주 자연스러울 거요."

잔느는 아침 식사 때에야 비로소 모습을 나타냈다. 그리고 그 하루는 여느 때와 같이 별다른 일 없이 그렇게 지나갔다. 다만 집안에 남자가 한 사람 더 늘어났을 뿐이었다.

나흘 후에 그들을 마르세이유에 데려다 줄 대형 사륜마차가 도착했다.

첫날밤의 번민을 겪고 난 후, 잔느는 이미 줄리앙과의 접촉에 익숙해져 있었다. 그들의 관계를 더욱 친밀하게 할 정도로 그녀의 혐오감이 줄어들지는 않았지만, 그의 키스와 부드러운 애무에 익숙해졌던 것이다. 그녀는 그의 아름다움을 발견했고, 사랑을 느꼈다. 그녀는 다시 행복해지고 즐거워지고 있었다.

이별은 짧았고, 슬프지도 않았다. 남작 부인만이 흥분해 있는 것 같았다. 마차가 떠나려 할 때, 그녀는 딸의 손에 납덩이처럼 무거운 커다란 돈지갑을 쥐어 주며 말했다.

"이것으로 자질구레한 지출을 하려무나."

잔느는 그것을 주머니 속에 넣었다. 그리고 말들이 달리기 시작했다.

저녁 무렵에 줄리앙이 그녀에게 말했다.

"당신 어머니가 그 지갑에 얼마를 넣어 주셨소?"

그녀는 더 이상 지갑에 대해서는 생각하고 있지를 않아서 그것을 무릎 위에 쏟아 놓았다. 많은 금화가 흩어졌다. 2천 프랑이었다. 그녀는 손뼉을 쳤다.

"돈을 마음껏 쓸 수 있게 되었군요."

그리고 그녀는 돈을 다시 집어넣었다.

지독한 더위 속을 일주일 동안 달린 후 그들은 마르세이유에 도착했다. 다음 날은 아작시오를 경유해서 나폴리로 가는 작은 여객선인 르와 루이호가 그들을 코르시카로 데려다 주었다.

코르시카! 밀림 지대! 산적들! 첩첩 산맥! 나폴레옹의 고향!

잔느는 자기가 아주 기분 좋게 현실에서 빠져나와 꿈속으로 들어가는 것처럼 여겨졌다. 그들은 갑판 위에 나란히 서서 프로방스의 절벽들이 달리듯이 뒤로 스쳐가는 것을 바라보았다.

그들은 온갖 지독한 냄새가 나는 여객선의 선실로 다시 들어가고 싶지 않았다. 그래서 두 사람은 망토로 몸을 감고 허리를 맞댄 채 갑판 위에 길게 누웠다. 줄리앙은 곧 잠이 들었으나, 잔느는 미지의 여행에 대한 흥분으로 눈을 뜬 채 그대로 있었다.

그녀는 아침 녘에야 깜빡 잠이 들었다. 그러나 소음과 사람들의 말소리에 잠이 깨었다. 수부들이 노래를 부르면서 배를 단장하고 있었다. 그녀는 잠에 떨어져 꼼짝도 하지 않는 남편을 흔들었다. 그들은 자리에서 일어났다.

사방이 바다였다. 그러나 배 앞쪽의 여명 속에서는 아직은 어렴풋한 어떤 회색빛 나는 이상하고 뾰족하며, 들쭉날쭉한 어떤 주름 덩어리 같은 것이 물결 위에 놓여 있는 것 같았다. 그것은 점점 더 뚜렷하게 나타났다. 밝아진 하늘에 뿔이 돋은 것 같은 이상한 모습의 커다란 산맥이 솟아올랐다. 엷은 베일 같은 것으로 몸을 감싼 코르시카였다.

갑자기 파도치는 바닷가에 있는 산들의 발치에 새하얀 마을이 만 깊숙이 나타났다. 자그마한 몇 척의 이탈리아 배들이 항구에 닻을 내리고 있었다. 작은 배들은 르와 루이호의 주위로 왔다 갔다 하면서 승객을 찾고 있었다.

짐을 챙기고 있던 줄리앙이 낮은 소리로 아내에게 물었다.

"종업원한테 20쑤만 주면 충분하지 않을까?"

일주일 전부터 그는 줄곧 같은 질문을 했는데, 그럴 때마다 그녀는 괴로웠다. 그녀는 다소 참을성 없이 이렇게 대답했다.

"충분하게 주는 것인지 어떤지 확신이 없을 때에는 넉넉하게 주세요."

그는 여행을 하는 동안 쉴 새 없이 호텔의 주인이나 종업원들, 마차꾼들 그리고 여러 장사꾼들하고 말다툼을 벌였다. 그리고 궤변을 늘어놓은 덕택으로 얼마쯤 깎고 나서는 두 손을 비비면서 잔느에게 말하는 것이었다.

"난 이유 없이 빼앗기는 것이 싫거든."

그녀는 계산서가 오는 것을 볼 적마다 틀림없이 남편이 조목조목 따지고 들며 잔소리를 할 것임을 미리부터 알고 있는 터라

몸서리를 쳤다.

여러 곳을 거쳐 바스티아에 도착했을 때, 안내인에게 돈을 지불해야만 했다. 줄리앙이 주머니 속을 여기저기 뒤지다가 필요한 돈이 없는 것을 알고 잔느에게 말했다.

"당신은 어머니에게서 받은 2천 프랑을 쓰지 않을 테니까, 그걸 나에게 맡기구려. 내 허리띠 속에 넣으면 더욱 안전할 테고, 또 나는 잔돈으로 바꾸는 수고도 덜 테니까."

그래서 그녀는 그에게 지갑을 건네주었다. 그들은 리부르느에 도착하여 플로렌스와 제노바, 그리고 코르니슈 전체를 구경했다.

북서풍이 부는 어느 날 아침, 그들은 마르세이유로 돌아왔다. 레 퇴플을 떠난 지 두 달이 흐른 10월 15일이었다.

잔느는 저 멀리 노르망디로부터 불어오는 것 같은 찬바람에 붙잡혀 기분이 우울했다. 줄리앙은 얼마 전부터 피곤해 하고 무관심해진 것 같았다. 그래서 그녀는 알 수 없는 두려움에 사로잡혀 있었다.

그녀는 햇빛이 좋은 이 지방을 떠날 결심이 서지 않아 돌아가는 여행을 나흘이나 늦추었다. 그녀는 행복의 여정을 막 끝마친 것 같은 느낌이 들었다.

그들은 마침내 그곳을 출발했다. 그들은 레 퇴플에 결정적인 거처를 마련하기 위해 필요한 모든 물건을 파리에서 사들이기로 했다. 잔느는 어머니가 주신 용돈 덕분에 갖가지 좋은 물건들을 사 가지고 갈 생각을 하니 즐거웠다.

파리에 도착한 이튿날, 그녀는 줄리앙에게 말했다.

"여보, 물건들을 좀 사야겠는데 당신에게 맡긴 돈을 주시겠어요?"

그는 못마땅한 얼굴로 그녀 쪽을 돌아보았다.

"얼마나 필요하오?"

그녀는 어리둥절해 하며 더듬거렸다.

"저…얼마든지 좋아요."

그가 다시 말했다.

"백 프랑을 주겠소. 낭비하지 말아요."

그녀는 놀라고 당황해서 무어라고 말해야 할지 몰랐다. 마침내 그녀가 망설이면서 말했다.

"하지만…제가 그 돈을 당신에게 맡긴 것은……."

그가 그녀의 말을 가로챘다.

"그래요, 그렇고말고요. 하지만 당신 주머니에 있으나 내 주머니에 있으나 똑같은 것 아니오. 그리고 그걸 주지 않겠다는 말이 아니오. 그렇지 않소? 내가 백 프랑을 당신에게 주겠다고 하지 않았소?"

그녀는 한마디 말도 보태지 못하고 금화 다섯 닢을 받았다. 감히 더 달라고 부탁할 용기가 나지 않았다.

일주일 후에 그들은 레 푀플을 향해 길을 떠났다.

5

벽돌 기둥이 세워져 있는 울타리 앞에서 가족과 하인들이 기다리고 있었다. 역마차가 멈추자, 그들은 오랫동안 포옹했다. 어머니는 눈물을 흘렸고, 잔느도 마음이 뭉클해서 눈물을 닦았다. 아버지는 안절부절못하며 왔다 갔다 했다.

그러고 나서 짐을 내리는 동안 거실의 벽난로 앞에서 잔느는 여행에 대한 이야기로 꽃을 피웠다. 숱한 이야기가 잔느의 입술에서 흘러나왔다. 반 시간 동안, 이 허겁지겁 말한 이야기 속에서 잊어버린 몇 가지 사소한 것들만 제외하고는 아마 모든 이야기를 했을 것이다.

잔느는 짐을 풀러 갔다. 로잘리 역시 아주 흥분해서 그녀를 도왔다. 속옷과 옷들과 화장 도구들이 제자리에 놓여지고, 그 일이 끝나자 하녀는 여주인의 곁에서 물러갔다. 잔느는 약간 피곤해 하며 자리에 앉았다.

그녀는 지금부터 무엇을 해야 할 것인가를 생각했다. 그녀는 거실에서 졸고 있는 어머니 곁으로 다시 내려가고 싶지 않았다. 그녀는 산책을 할까 하고 생각해 보았다. 그러나 들판은 창문으로 내다보기만 해도 마음속으로 어떤 묵직한 우울을 느낄 만큼 쓸쓸해 보였다. 그러자 그녀는 이제는 아무 할 일이 없다는 것, 영원히 할 일이 없으리라는 것을 깨달았다.

수녀원에서의 그녀의 청춘은 온통 미래에 열중해 있었고, 공상하기에 바빴다. 그때는 희망에 대한 끊임없는 흥분으로 가득해서 시간이 가는 것도 느끼지 못했다. 그런데 자신의 그런 꿈들이 꽃피었던 그 엄격한 벽으로부터 나오자마자 사랑의 기대가 실현되었다.

불과 몇 주일 만에 바라던 남자를 만나고, 사랑하고, 결혼을 했다. 자신과 결혼한 그 남자는 갑작스러운 결정으로 결혼할 때와 마찬가지로, 그녀에게 아무런 생각을 할 겨를도 없이 그녀를 자기 품속으로 앗아가 버렸다. 그러나 신혼 초기의 달콤한 현실이, 희망과 미지의 것에 대한 매혹적인 불안에 끝없이 빗장을 지르려고 하는 일상생활로 바뀌려 하고 있었다.

그렇다, 기대한다는 것은 끝이 난 것 같았다. 그렇게 되면 더 이상 아무 할 일이 없다. 오늘도 내일도 그리고 영원히. 그녀는 막연히 이러한 모든 것, 어떤 환상과 꿈이 허물어지는 듯한 기분을 느꼈다.

나날의 우울함에 익숙해져 이제는 그것을 느끼지도 못 할 만큼 감각이 무디어진 어머니가 벽난로 앞에서 졸고 있었다. 아버지와 줄리앙은 그들의 사업에 대한 이야기를 하면서 산책을 나간 뒤였다. 너른 거실에 우울한 그림자를 뿌리면서 밤이 왔다. 거실은 벽난로에서 반사되는 빛으로만 밝혀져 있었다.

얼마 안 되어 남작과 줄리앙이 들어왔다. 남작은 어두운 방에 들어서자마다 초인종을 누르면서 소리를 질렀다.

"빨리빨리 등불을 가져와! 음산해서 어디 살겠어?"

그리고 그는 벽난로 앞에 앉았다. 젖은 두 발이 불꽃 곁에서 김을 내고, 열기로 해서 마른 진흙이 구두 바닥에서 떨어지는 동안에 그는 기분 좋게 두 손을 비볐다.

"얼음이 얼 것 같은데. 북쪽 하늘이 개고 있어. 그렇다면 오늘 밤은 보름달이야! 밤새 몹시 춥겠는걸."

그는 딸 쪽을 돌아보며 말했다.

"그래, 얘야. 네 고향, 네 집, 이 늙은이들 곁으로 다시 돌아와 기쁘니?"

이 간단한 질문이 잔느를 흔들어 놓았다. 그녀는 눈물이 가득 괸 눈으로 아버지의 품속으로 뛰어들어 마치 응석을 부리기라도 하는 것처럼 격렬하게 입맞춤을 했다. 즐거워지려고 마음속으로 노력했음에도 불구하고, 그녀는 거의 쓰러져 버릴 듯이 슬펐다.

저녁 식사는 오래 걸렸지만, 아무도 입을 열지 않았다. 줄리앙은 아내를 잊어버린 것 같았다.

그녀는 식사를 끝내고, 거실에서 완전히 잠들어 버린 어머니 맞은편에 앉아 나른해 하고 있었다. 그녀는 논쟁을 벌이고 있는 두 남자의 목소리에 잠깐 깨어났다. 정신을 차리려고 애쓰면서, 그녀는 자기가 아무것도 중단시키지 못하는 습관적인 나태함에 빠진 것이 아닌가 하고 생각했다.

자기 방으로 올라오자, 잔느는 수녀원에서 처음 왔을 때와 지금 자기가 사랑하고 있다고 생각한 똑같은 장소로 돌아왔는데 어떻게 이렇게도 다를 수 있을까 하고 의아하게 생각했다. 어째서 그녀는 자신이 상처를 입은 것처럼 여겨지는가? 어째서 이 집, 이 사랑하는 방, 지금까지 자기의 마음을 떨리게 했던 이 모든 것이 오늘은 이렇게도 가슴을 에는 것일까?

결혼한 후 처음으로 그녀는 자기 침대에 혼자 누웠다. 줄리앙은 피곤하다는 구실로 다른 방으로 들어갔다. 게다가 각자 자기 방을 갖는다는 것에 그는 동의를 했었다. 그녀는 혼자 자는 버릇이 사라진 탓에 자기 몸에 닿는 다른 사람의 감촉을 느끼지 못하는 것이 낯설고, 또한 사정없이 불어대는 심술궂은 북풍에 마음이 산란해져서 오랫동안 잠을 이루지 못했다.

그녀는 아침에 침대를 붉게 물들이는 밝은 햇살에 잠이 깨었다. 서리가 잔뜩 낀 유리창은 지평선이 온통 불타는 것처럼 붉게 물들어 있었다. 커다란 실내복으로 몸을 감싼 채 그녀는 창가로 달려가 문을 열었다. 얼음같이 차가운 바람이 방 안으로 들이쳐, 눈물이 나올 정도로 매서운 냉기가 그녀의 몸을 후려쳤다.

그날 하루는 습기 대신에 추위가 더해졌을 뿐, 전날과 달라진 것이 없었다. 그 주일의 다른 날들도 이 이틀과 비슷했다. 그리고 그 달의 모든 주일도 첫 주와 같았다.

그리고 일상생활의 대수롭지 않은 많은 것에 대한 일종의 흥미, 단순하고 평범하고 규칙적인 일에 대한 걱정이 그녀의 마음속에 다시 생겨났다. 그녀의 가슴속에는 일종의 감상적인 우울과 삶에 대한 막연한 환멸이 자라고 있었다.

그녀에게 필요한 것은 무엇일까? 그녀는 무엇을 바라는 것일까? 그녀는 그것을 알지 못했다. 어떠한 세속적인 욕구도 그녀를 사로잡지 못했다. 즉 쾌락에 대한 어떤 갈망도, 가능할 수도 있는 즐거움에 대한 어떤 충동조차도 그녀의 마음을 사로잡지 못했던 것이다.

줄리앙과의 관계는 완전히 변해 버리고 말았다. 그는 자기의 역할을 끝마친 배우가 본래의 얼굴로 되돌아가듯이 신혼여행에서 돌아온 이후로는 아주 다른 사람처럼 보였다. 그는 이제 아내에 대해 관심이 없었고, 이야기조차 건네지 않았다. 모든 사랑의 흔적은 갑자기 사라져 버렸다. 그가 아내의 침실로 들어오는 밤은 드물어져 갔다.

그는 재산과 집을 관리했으며, 모든 임대차 계약을 정비하고, 소작인들을 들볶고, 지출을 줄였다. 그리고 그 자신도 귀족 농부 같은 옷을 입었기 때문에 약혼 시절의 겉치레나 우아함은 사라지고 없었다. 그는 청년 시절의 자기 옷장에서 찾아낸, 구리 단추가 달린 낡은 벨벳 사냥복을 입고 다녔다. 그리고 누구의 마음에 들려고 애쓸 필요가 없어진 남자들의 게으름으로 면도를 하는 것도 그만둬서, 다듬지 않은 긴 턱수염으로 그의 얼굴은 생각지도 못 할 만큼 추해졌다. 이제는 손도 가꾸지 않았으며, 식사 후에는 언제나 작은 잔으로 코냑을 네댓 잔씩 마셔 댔다.

잔느는 몇 번 부드럽게 말리려고 애썼으나, 그가 "내 마음대로 하게 내버려 두오." 하고 너무나도 퉁명스럽게 대답했기 때문에 더 이상 충고해 볼 용기를 내지 못했다. 그녀는 이러한 변화에 대해서 운명이라고 체념하고 있는 자신에게 스스로도 놀랐다. 그는 이제 그녀에게 영혼도, 마음도 닫아 버린 타인이 되어 버렸다. 그녀는 그것에 대해 종종 생각해 보았다. 그렇게 만나 사랑하고 애정의 충동 속에서 결혼한 그들이 마치 나란히 누워서 잠을 자 본 적도 없는 것처럼, 갑자기 서로 거의 알지 못하는 사람같이 된 것이 어찌 된 일인가 하고…….

그리고 어째서 그의 버림이 더 한층 괴롭지 않은 것일까? 이런 것이 인생인가? 두 사람은 잘못 생각했던 것일까? 이제 미래 속에는 그녀를 위한 것이 아무것도 없단 말인가? 만일 줄리앙이 여전히 아름답고, 정성 들여 가꾸고, 우아하고 매력적이라면 그녀는 지금보다 더 많이 괴로워했을까?

줄리앙은 경제적인 면을 고려해서 온갖 일을 정리하기 시작했는데, 그러기 위해서는 필연적으로 여러 가지 개혁이 필요했다. 자작 자신이 마차를 부리는 책임을 맡았기 때문에 늙은 마부는 정원사가 되었다. 또한 마차를 끄는 큰 말들은 사료 값을 절약하기 위해 팔아 버렸다. 그리고 주인들이 내릴 때 말을 붙들고 있을 사람이 필요했기 때문에, 마리우스라는 어린 목동을 하인으로 썼다.

다음에는 말을 손에 넣기 위해서 자작은 쿠이야르와 마르탱 집안과의 토지 임대차 계약 속에 특별 조항을 집어넣었다. 그것은 매월 하루, 그가 지정하는 날에 각자 말 한 필씩을 제공해야 한다는 것이었다. 그 대신에 그들은 닭을 바친다는 조항을 면제받았다. 그래서 쿠이야르 집안은 털이 노란 커다란 노마를 끌고 왔고, 마르탱 집안은 털이 긴 작은 백마를 끌고 와서 두 마리의 말이 나란히 마차에 매어졌다. 그리고 시몽 영감의 낡은 제복에 파묻힌 모습의 마리우스가 저택의 층계 앞으로 이 마차를 끌고 왔다.

크리스마스가 왔다. 그들은 신부와 촌장 부부를 저녁 식사에 초대했다. 새해에도 다시 그들을 초대했다. 그것이 하루하루의 단조로움을 깨뜨리는 유일한 변화였다.

남작 부부는 1월 9일에 레 푀플을 떠나기로 되어 있었다. 잔느는 부모님들을 붙들고 싶었으나, 줄리앙은 그다지 관심을 두지 않았다. 남작은 날로 심해지는 사위의 냉대를 보고, 루앙 본가에 연락해 하루빨리 마차를 보내오도록 했다.

출발하는 전날, 잔느와 아버지는 짐을 다 꾸리고 나서 날이 춥기는 하나 맑은 날씨였기 때문에 이포르까지 내려가기로 했다. 코르시카에서 돌아온 이후로 그들은 그곳에 한 번도 가 보지 못했던 것이다.

그들은 잔느가 결혼하는 날, 영원히 그녀의 남편이 될 사람과 모든 것이 하나가 되어 거닐었던 그 숲을 가로질러 갔다. 그녀가 최초의 애무를 받고, 최초의 전율을 느끼고, 나중에 오타의 원시적인 작은 골짜기에서 키스를 섞어서 마시던 샘물 곁에서 마침내 알게 된 그 관능적인 사랑을 예감했던 숲이었다. 이제는 나뭇잎도 없고, 기어오르는 풀 덩굴도 없었다. 다만 나뭇가지에 부딪치는 소리, 겨울에 헐벗은 덤불숲에서 나는 적막한 소리 외에는 아무것도 없었다.

그들은 작은 마을로 들어갔다. 인적이 없는 조용한 거리는 바다 냄새와 해초 냄새, 그리고 생선 냄새를 풍기고 있었다.

저녁이 되었다. 어부들은 큼지막한 어부용 장화를 무겁게 끌며, 목에는 털목도리를 두른 채 한 손에는 브랜디 한 병을, 다른 손에는 배의 램프를 들고 떼를 지어 방파제 쪽으로 오고 있었다.

남작과 잔느는 꼼짝도 않고 이 남자들이 어둠 속으로 멀어져 가는 것을 바라보고 있었다. 그들은 굶지 않으려고 이렇게 죽음을 무릅쓰고 밤마다 바다로 나가는 것이다. 그러나 그들은 고기를 먹어본 적이 없을 만큼 가난했다.

남작은 바다 앞에서 흥분한 듯 중얼거렸다.

"바다는 무섭고도 아름답다. 어둠이 내리는 바다, 숱한 사람들이 위험에 빠지는 바다, 이 바다는 얼마나 아름다우냐! 안 그러니, 잔느?"

그녀는 쓴웃음을 지어 보이며 대답했다.

"지중해보다는 못해요, 아버지."

그러자 아버지가 기분이 상한 듯 외쳤다.

"지중해라고! 그건 기름과 설탕물과 함지박에 들어 있는 푸른 잿물에 지나지 않아. 거품이 이는 이 바다가 얼마나 무시무시한지 보아라. 그리고 저 멀리 사라져 버린 방금 떠나간 그 사람들을 생각해 보렴."

잔느는 한숨을 쉬며 아버지의 의견에 동의했다.

"네, 그럴 거예요."

그러나 그녀의 입술에서 나온 '지중해'라는 그 말은 다시 그녀의 마음을 아프게 하고, 그녀의 꿈이 묻혀 있는 저 머나먼 나라로 그녀의 상념을 옮겨 놓았다.

그러고는 아버지와 딸은 숲으로 돌아가는 대신에, 큰길로 나와 느린 걸음으로 언덕을 올라갔다. 그들은 다가오는 이별의 슬픔에 대해서는 한마디도 하지 않았다.

불을 밝힌 작은 창문이 뜰 안쪽에 사람이 사는 집이 있음을 알려주고 있었다. 잔느는 자신의 영혼이 넓어져 눈에 보이지 않는 것들까지도 알 수 있을 것 같은 생각이 들었다.

들판 여기저기 흩어져 있는 그 작은 등불들이 갑자기 그녀에게 강렬한 고독감을 안겨 주었다. 그것은 모든 존재, 즉 자신이 사랑하는 사람들을 모든 것에서 떼어 놓고, 갈라지게 하며, 멀리 끌고 가는 존재들에 대한 고독감이었다.

그녀는 체념한 듯한 목소리로 말했다.

"인생이란 언제나 즐겁기만 한 것은 아니군요."

남작이 한숨을 쉬었다.

"어쩌겠니? 그것은 어떻게 할 수 없는 일인걸."

다음 날 남작 부부는 떠났고, 잔느와 줄리앙만 남게 되었다.

6

젊은 부부의 생활 속에 카드놀이가 끼어들었다. 매일 점심 식사가 끝나면 줄리앙은 담배를 태우고, 예닐곱 잔의 코냑을 조금씩 목구멍 속으로 흘려 넣으면서 아내와 함께 여러 가지 트럼프 게임을 벌였다.

그러고 나면 그녀는 자기 방으로 올라가 바람에 흔들리는 창가에 앉아서 끈기 있게 수를 놓아 스커트를 장식했다. 그러다가 이따금 피로해지면 그녀는 눈을 들어 멀리 파도가 치는 희끄무레한 바다를 바라보았다. 그렇게 잠시 동안 멍청한 시선을 보낸 후, 그녀는 다시 일감에 몰두하곤 했다.

그녀는 그 밖에 다른 할 일이 아무것도 없었다. 줄리앙이 자기의 권위와 경제적인 욕구를 만족시키기 위해 집안에 대한 모든 권리를 차지해 버렸기 때문이다. 그는 무섭도록 절약하는 태도를 보였으며, 팁도 절대로 주지 않았고, 식량도 최소한으로 줄였다.

"당신은 돈을 헤프게 쓰는 버릇을 고칠 수 없소?"

그리고 그는 품삯이나 계산서에서 몇 푼을 깎을 때마다 주머니 속에 잔돈을 슬그머니 집어넣으면서 웃음을 띠며 이렇게 말하는 것이었다.

"티끌 모아 태산이지."

그런 날이면 잔느는 공상에 잠겼다. 그녀는 일하던 것을 슬그머니 멈추고, 두 손을 맥없이 늘어뜨렸다. 그리고 힘없이 허공을 바라보며, 아름다운 사랑의 이야기에 나오는 자신의 처녀 시절의 소설 속으로 다시 들어가곤 했다. 그러나 갑자기 시몽 영감에게 명령을 내리는 줄리앙의 목소리에 그녀는 꿈의 요람에서 현실로 되돌아오곤 했다.

그러면 그녀는 '그 모든 것이 이젠 끝나 버렸어.' 하고 생각하면서, 자기의 끈질긴 일감을 다시 잡는 것이었다. 그리고 한 방울의 눈물이 바느질하고 있는 손가락 위로 떨어졌다.

로잘리 역시 전에는 그렇게도 명랑하고 언제나 노래를 흥얼거렸으나 지금은 완전히 달라져 버렸다. 그녀의 포동포동하고 붉은 빰은 혈색을 잃었고, 이제는 거의 움푹 들어가기까지 했으며, 때로는 흙을 바른 듯이 보일 정도로 창백했다. 잔느는 자주 그녀에게 물었다.

"어디 아프니, 로잘리?"

그러면 그녀는 언제나 이렇게 대답했다.

"아뇨, 아씨."

그리고는 두 볼을 붉히며 이내 황급히 달아나 버렸다. 그러나 그녀는 예전처럼 뛰어가는 대신에 괴로운 듯이 발을 끌었고, 모양도 내지 않는 것같이 보였으며, 방물장수가 비단 리본이나 코르셋 또는 여러 가지 향수들을 그녀에게 보여 주어도 이제 아무것도 사지 않았다.

큰 집은 텅 빈 것처럼 아주 침울했으며, 집 벽은 빗줄기 자국이 길게 퍼진 회색 자국으로 얼룩져 있었다.

1월 말경에는 눈이 내렸다. 침울한 바다 위 멀리 북쪽에서 오는 커다란 구름이 보였다. 곧 하얀 눈송이가 내리기 시작했다. 하룻밤 사이에 온 벌판이 눈으로 덮였고, 아침에는 나무들이 흰 눈꽃을 피우고 있었다.

이런 음울한 어느 날 아침, 잔느가 꼼짝하지 않고 자기 방의 난로에 발을 쬐고 있는 동안 날로 더 달라져 가는 로잘리가 침대를 정돈하고 있었다. 그런데 갑자기 그녀가 내뱉는 괴로운 한숨소리가 들려왔다.

잔느가 고개도 돌리지 않은 채 물었다.

"왜 그래, 로잘리?"

하녀는 여전히 똑같은 대답을 했다.

"아무것도 아니에요. 아씨."

그러나 그녀의 목소리는 떨리고 꺼져 들어가는 것만 같았다. 그러나 잔느는 벌써 다른 것을 생각하고 있었다. 그러다가 문득 인기척이 들리지 않는다는 것을 알았다. 그녀가 "로잘리!" 하고 불렀으나 아무런 반응이 없었다. 그러자 그녀가 소리 없이 나간 것이라고 생각하고 더 크게 "로잘리!" 하고 소리쳐 불렀다. 그러고는 초인종을 누르기 위해 팔을 뻗치려고 하는데, 그녀의 바로 곁에서 신음 소리가 새어 나와 그녀는 깜짝 놀라며 몸을 일으켰다.

로잘리는 하얗게 질린 채 눈을 부릅뜨고서, 두 다리를 쭉 뻗고는 등을 침대 나무에 기대고 바닥에 주저앉아 있었다. 잔느가 그 곁으로 달려갔다.

"무슨 일이야, 왜 그러는 거야?"

로잘리는 한마디도 하지 못하고 움직이지도 않았다. 그녀는 실성한 듯한 시선으로 여주인을 뚫어지게 바라보면서 무서운 고통에 찢기는 듯 숨을 헐떡거렸다. 그러고는 갑자기 온몸에 힘을 주고는 악문 이 사이로 나오는 비통한 소리를 죽이면서 뒤로 미끄러졌다.

그러자 벌리고 있는 넓적다리에 착 달라붙은 옷 밑에서 무엇인가가 움직이는 것 같았다. 그리고 거기에는 곧 물이 찰랑거리는 소리 같기도 하고, 목이 눌려서 질식하는 듯한 숨소리 같기도 한 이상한 소리가 흘러 나왔다. 그러고는 갑자기 긴 고양이 울음소리 같은, 힘없으면서도 괴로워하는 소리가 들려왔다. 그것은 세상에 나오는 갓난아이의 고통스러운 최초의 울음소리였다.

잔느는 순간 알아차렸다. 그리고 머리가 혼란스러운 상태에서 층계를 내려가 소리쳤다.

"줄리앙, 줄리앙!"

아래층에서 그가 대답했다.

"왜 그래?"

그녀는 간신히 말했다.

"저…로잘리가……."

줄리앙이 계단을 두 개씩 뛰어올라와 쏜살같이 방으로 들어와서는 대뜸 처녀의 옷을 들췄다. 그리고는 그녀의 벌거벗은 두 다리 사이에서 꼬물거리고 있는 주름살투성이의 작은 핏덩어리를 찾아냈다.

줄리앙은 다시 몸을 일으켜 세우더니, 험악한 표정을 지으며 어쩔 줄 몰라 하는 아내를 밖으로 밀어내며 말했다.

"당신하고는 상관없는 일이야. 저리 가. 루디빈느와 시몽 영감을 불러 와."

얼마 후 그녀는 하인이 뛰어나가는 것을 보았다. 5분쯤 지나 그는 그 지방의 산파인 당퀴 과부와 함께 돌아왔다. 그러자 계단에서 마치 부상당한 사람을 들어내기라도 하는 듯한 소란이 벌어졌다.

아래층으로 내려온 줄리앙은 무엇인가에 정신이 팔려서 신경질적으로 방 안을 왔다 갔다 하고 있었다. 왠지 몹시 분개하고 흥분한 것 같았다. 처음에 그는 아무 말도 하지 않다가, 잠시 후 걸음을 멈추며 화난 말투로 말했다.

"당신은 저 아이를 어떻게 할 생각이오?"

"어떻게 하다니요? 무슨 말씀을 하시는 거예요? 모르겠어요, 저는……."

그러자 갑자기 그가 화가 난 듯 버럭 소리를 질렀다.

"집에다 아비 없는 자식을 둘 수는 없잖소."

잔느는 몹시 난처해 하며, 한참 동안 입을 다물고 있다가 말했다.

"하지만 여보. 그 애를 남의 집에 보내어 기를 수도 있잖아요?"

그는 잔느의 말을 가로챘다.

"그렇다면 그 비용은 누가 대지? 물론 당신이겠지?"

그녀는 해결책을 찾기 위해 다시 한참동안 곰곰이 생각하다가 마침내 이렇게 말했다.

"그건 어린애의 아버지가 책임져야죠. 그리고 그가 로잘리와 결혼한다면 어려울 것이 뭐가 있겠어요?"

줄리앙은 더 이상 참을 수 없다는 듯이 격렬하게 화를 내며 대꾸했다.

"아버지라고! 아버지라고! 당신 그 아버지가 누구인지 알고 있소? 물론 모를 테지. 안 그래? 그렇다면 그 다음엔 어떻게 하지?"

잔느는 흥분해서 화를 냈다.

"그러나 그 남자는 절대로 저 아이를 그냥 내버려두지는 않을 거예요. 그렇다면 비겁한 사람이지요! 우리가 그의 이름을 물어보고, 그를 찾아가서 이야기를 들어 봐야 해요."

그 말에 줄리앙은 얼굴이 새빨개지면서 다시 화를 냈다.

"그러면 그러는 동안엔 어떻게 하겠소?"

그녀도 어떻게 해야 할지를 몰라 그에게 물었다.

"당신이라면 어떻게 하시겠어요?"

그러자마자 그는 자기 의견을 말했다.

"아! 나라면 그건 간단해. 돈 몇 푼 주어서 그 아이하고 아무데나 가서 살라고 쫓아내 버리겠어."

그러자 잔느가 화가 치민 목소리로 말했다.

"그렇게는 절대로 안 돼요. 그 아이는 내 젖동생이에요. 그 아이와 나는 같이 자랐다고요. 그 애는 딱하게도 잘못을 저질렀어요. 그렇지만 난 그 일로 해서 그 애를 밖으로 내쫓을 수는 없어요. 만일 그래야 한다면, 내가 그 아이를 기르겠어요."

그러자 줄리앙이 웃음을 터뜨렸다.

"그렇게 되면 우리는 그럴 듯한 평판을 얻게 되겠지. 바로 우리가 말이야. 남들은 우리가 불의를 감싸주고 있다고 수군대겠지. 행실이 나쁜 계집애를 보호하고 있다고 말이오. 그러면 점잖은 사람들은 이제 우리 집에 발걸음도 하지 않으려 할 거야. 정말이지 당신은 뭘 생각하고 있는 거요? 아니면 미친 거요?"

그녀는 여전히 침착했다.

"나는 절대로 로잘리를 밖으로 내몰지는 않겠어요. 만약 당신이 그 애를 두고 싶지 않다고 하면 어머니가 데려가실 거예요. 우리는 그 아기의 아버지 이름을 반드시 알아내야만 해요."

그러자 줄리앙은 몹시 화가 나서 문을 쾅 닫고 나가며 소리를 질렀다.

"여자들은 생각하는 것이 어리석단 말이야! 모두 생각하는 게 당치도 않은 것뿐이라니까!"

잔느는 오후에 산모의 방으로 올라갔다. 하녀는 침대에서 눈을 뜬 채로 가만히 누워 있었고, 그 곁에서 산파가 갓난아기를 팔에 안고 흔들어 주고 있었다.

로잘리는 여주인의 모습을 보자 얼굴을 홑이불로 가리고는 절망에 몸부림치면서 흐느끼기 시작했다. 잔느가 그녀를 포옹하려 했으나, 로잘리는 여전히 소리 죽여 흐느꼈다.

벽난로에서는 시원찮은 불길이 타고 있었다. 방 안이 썰렁해서인지 어린애가 계속 칭얼댔다. 잔느는 로잘리가 다른 발작을 일으킬까 두려워서 어린애에 대해서는 감히 이야기를 꺼내지 못했다. 그래서 하녀의 손을 잡고 기계적으로 되풀이해서 말했다.

"괜찮아, 괜찮아."

가엾은 계집애는 산파 쪽을 흘끗 보고는 어린애의 울음소리에 몸을 떨었다.

잔느는 다시 한 번 그녀를 포옹하고 나서 아주 낮은 소리로 귀에다 대고 속삭였다.

"우리가 잘 돌봐 줄게. 마음 편히 가져."

그러자 하녀의 눈에서 다시 눈물이 쏟아지기 시작했다. 그 바람에 잔느는 도망치듯이 밖으로 나왔다.

잔느는 날마다 하녀의 방을 들여다봤고, 로잘리는 여주인을 볼 때마다 흐느껴 울었다. 어린애는 근처의 어느 유모에게 맡겨졌다.

그러는 동안에 줄리앙은 아내에게 거의 말을 걸지 않았다. 하녀를 내보내는 것을 거절한 이후로 그는 그녀에게 크게 화를 내고 있는 것 같았다.

2주일 후부터 산모는 일어나서 다시 일을 시작했다. 그래서 잔느는 어느 날 아침 그녀를 앉혀 놓고, 그녀의 두 손을 잡으면서 뚫어지게 얼굴을 바라보며 말했다.

"로잘리, 이제는 모든 걸 내게 얘기하렴."

로잘리는 몸을 떨면서 더듬거렸다.

"뭘 말예요, 아씨?"

"그 어린아이는 누구 자식이니?"

그러자 무서운 절망에 사로잡힌 하녀는 두 손으로 얼굴을 가리려는 듯이 잔느에게 잡힌 두 손을 빼내려고 안간힘을 썼다. 그러나 잔느는 그러는 그녀를 무시하고 껴안으면서 위로했다.

"난 네가 부끄러워한다는 것을 잘 알고 있어. 그러나 넌 내가 화내고 있는 것이 아니라는 걸 알아야 해. 난 네게 부드럽게 말하고 있지 않니. 그 남자의 이름을 물어보는 것은 정말로 너를 위해서야. 네 슬픔 속에서 그 남자가 너를 버리려 한다는 것을 느끼고 있기 때문이야. 그래서 그러지 못하게 막고 싶은 거야. 줄리앙이 그를 찾아가 너와 결혼하도록 강요할 참이야. 그리고 우린 너희 두 사람과 같이 지내면서, 그 사람이 너를 행복하게 해 주도록 할 거야."

그러자 갑자기 로잘리는 몸부림을 치면서 여주인의 손에서 자기 손을 빼내더니 미친 여자처럼 밖으로 뛰어나갔다.

그날 저녁, 잔느는 저녁을 먹으면서 줄리앙에게 말했다.

"로잘리에게 자기를 유혹한 사람의 이름을 털어놓으라고 했는데, 도무지 말을 하지 않는군요. 그러니 이번에는 당신이 해 보세요. 그 불쌍한 것을 그 남자와 억지로라도 결혼시켜야 하니까."

그러나 줄리앙은 그 말이 떨어지기가 무섭게 화를 냈다.

"그 얘기는 이젠 듣고 싶지도 않소. 당신이 그 계집애를 데리고 있겠다고 했으니, 그렇게 하면 되지 않소. 그러니 그 문제로 더 이상 날 괴롭히지 말아요."

그는 로잘리가 출산한 이후로 신경질이 더욱 늘어난 것 같았다. 그는 아내에게 말을 할 때는 화를 내듯이 소리 지르는 것이 습관처럼 되어 있었다. 그러나 잔느는 그와는 반대로 언쟁을 피하기 위해 목소리를 낮추고, 유순하면서 타협적인 자세를 취했다. 그리고 밤이면 그녀는 침대 속에서 이따금 눈물을 흘리곤 했다.

로잘리는 얼마 안 가서 완전히 회복되었다. 알 수 없는 어떤 두려움에 쫓기는 듯했고, 전보다는 덜 침울해 보였다. 잔느가 두 번이나 다시 물어보려고 했지만, 그때마다 그녀는 달아나 버렸다.

또한 갑자기 줄리앙도 더욱 상냥해진 듯했다. 그래서 젊은 아내는 막연한 희망을 갖기 시작했고, 예전의 쾌활함을 되찾았다. 그러면서도 그녀는 이따금 뭔가 이상한 거북스러움을 느끼고 괴로워할 때가 있었다.

봄은 아직 오지 않았다. 잔느는 자기의 마음에 스며드는 온갖 막연한 괴로움을 지독하게 추운 날씨 탓으로 돌리면서, 봄의 훈훈한 숨결이 돌아오기만을 불안스럽게 기다렸다.

어느 날 저녁, 온도계가 다시 내려갔다. 줄리앙은 식탁에서 일어나 몸을 덜덜 떨면서 — 거실이 알맞게 데워진 적은 한 번도 없었다. 그만큼 그는 장작을 아꼈던 것이다. — 두 손을 비비며 잔느에게 속삭였다.

"오늘 밤엔 한 방에서 자는 것이 좋지 않겠소, 여보?"

그는 예전의 그 착한 아이 같은 웃음을 지어 보였다. 잔느는 그의 목을 끌어안았다. 하지만 마침 그녀는 그날 밤 마음이 몹시 불편하고 이상하게도 신경질이 나는 것이었다. 그녀는 남편에게 키스를 하면서 자신의 상태를 그에게 말했다.

"부탁이에요, 여보. 정말이지 몸이 좋지가 않군요. 내일은 틀림없이 좋아질 거예요."

남편은 더 이상 고집을 부리지 않았다.

그녀는 일찍 자리에 누웠다. 그런데 줄리앙은 놀랍게도 그녀의 방에 불을 지피게 했다.

"잘 타고 있습니다."

하인이 그에게 알리자, 그는 아내의 이마에 키스를 하고 나갔다.

온 집안이 추위에 시달리는 것 같았다. 냉기가 스며든 벽에서는 마치 떠는 것 같은 가냘픈 소리가 났다.

얼마 있자니 이가 딱딱 부딪치고 손이 떨렸다. 가슴은 죄어오고, 느린 심장은 크게 쿵쿵 뛰었으며, 이따금 멈추는 것 같기도 했다.

그녀는 지금까지 단 한 번도 이런 기분을 느껴보지 못했다. 그녀는 삶으로부터 버림받고, 숨이 넘어갈 것만 같은 기분을 처음으로 느꼈다. 그녀는 생각했다.

'난 죽을 것이다. 나는 죽는다…….'

갑작스러운 공포가 엄습했다. 그녀는 침대 밖으로 뛰어나와 로잘리를 부르기 위해 초인종을 울리고, 그녀를 기다렸다. 하녀가 오지 않자, 그녀는 다시 초인종을 누르고 꽁꽁 언 몸으로 떨면서 또 기다렸다. 하녀는 여전히 오지 않았다. 그녀는 누가 업어 가도 모를 만큼 깊이 잠든 모양이었다.

결국 잔느는 정신없이 맨발로 계단을 내려갔다. 그녀는 소리 없이 더듬거리며 계단을 올라가 하녀가 자는 방문을 열었다. "로잘리!" 하고 부르면서 무턱대고 앞으로 나아가다가 침대에 부딪혔다. 그녀는 두 손으로 침대 위를 더듬고 나서야 침대가 비어 있음을 알았다. 침대는 비어 있을 뿐만 아니라, 아무도 거기에서 자지 않은 듯 냉기가 돌았다. 그녀는 뜻밖의 일에 놀라 혼자 중얼거렸다.

"아니! 이런 날씨에 밖으로 나가다니!"

갑자기 그녀는 혼란스러워졌다. 심장은 펄떡펄떡 뛰어대고, 질식할 것만 같았다. 그녀는 줄리앙을 깨우기 위해 다리를 구부정하게 한 채 계단을 내려갔다.

그녀는 자신이 곧 죽게 되리라는 생각이 들어, 의식을 잃기 전에 줄리앙을 만나야겠다는 생각에 쫓겨서 남편의 방으로 뛰어들었다.

그녀는 꺼져 가는 난로의 불빛으로 남편의 머리 옆에 베개를 베고 있는 로잘리의 머리를 보고 말았다.

그녀가 지른 비명 소리에 놀라, 두 사람이 몸을 일으켰다. 그녀는 뜻밖의 모습에 당황해서 잠시 동안 꼼짝도 못하고 서 있었다가, 도망치듯 뛰어나와 자기 방으로 들어갔다.

당황한 줄리앙이 "잔느!" 하고 불렀다. 변명을 하며 거짓말을

늘어놓는 그의 얼굴을 마주할 것을 생각하니 몸서리가 쳐져서, 그녀는 다시 계단을 뛰어 내려갔다.

아래로 내려온 그녀는 내의에다 맨발인 채로 계단에 주저앉았다. 그녀는 넋이 나간 상태였다.

줄리앙은 침대에서 뛰쳐나와 서둘러 옷을 입었다.

잔느는 그에게서 달아나기 위해 다시 몸을 일으켰다. 그는 계단을 내려오면서 소리쳤다.

"내 말 좀 들어 봐, 잔느!"

그녀는 무슨 소리도 듣고 싶지 않았고, 그에게 손가락 끝도 닿게 하고 싶지 않았다.

그러나 남편은 벌써 문을 열고 손에 등불을 든 채 여전히 "잔느!" 하고 계속해서 불러 댔다. 그녀는 부엌으로 뛰어 들어갔다. 궁지에 몰린 짐승처럼 그녀는 그 안을 두 번 맴돌았다. 하지만 그는 다시 그녀를 따라왔고, 그녀는 정원으로 난 문을 거칠게 열고 들판으로 내달렸다.

벌거벗은 다리로 느껴지는, 이따금 무릎까지 파묻히는 차디찬 눈의 촉감은 그녀에게 갑자기 필사적인 힘을 불어넣어 주었다. 그녀는 거의 옷을 입고 있지 않았는데도 춥지 않았다. 그녀는 이제 아무것도 느끼지 못했다. 그만큼 정신의 경련이 육체를 마비시킨 것이었다. 그녀는 큰 가로수 길을 따라 작은 숲을 가로지르고, 개울을 건너뛰어 들판으로 달려갔다.

잔느는 숨도 돌리지 않고, 아무런 의식이나 생각도 없이 그저 달리기만 했다. 그런데 어느 순간 그녀는 절벽 끝에 와 있었다. 그녀는 본능적으로 우뚝 멈춰 섰다. 그리고 주저앉았다. 그녀의 모든 생각과 의지는 지쳐 버렸다.

갑자기 폐부를 찌르는 듯한 맑은 의식이 살아났다. 이어서 오래 전의 환영이 눈앞으로 지나갔다. 라스티크 영감의 배로 그와 함께 했던 뱃놀이, 그들의 대화, 싹트던 사랑, 작은 배의 명명식……. 그러고 그녀의 환상은 더욱더 아득하게 레 푀플에 도착하던 그날, 몽상에 몸을 맡겼던 그 밤까지 거슬러 올라갔다.

그런데 지금은, 지금은! 아아! 그녀의 인생은 부서지고, 모든 기쁨은 끝이 나고, 모든 기대는 산산조각 나고 말았다. 고통과 배반과 절망으로 가득한 무서운 미래가 눈앞에 나타난 것이다. 차라리 죽는 것이 낫다. 당장에 끝내 버리고 말리라.

그런데 어떤 목소리가 멀리에서 소리쳤다.

"여기다! 여기 발자국이 있어. 빨리, 빨리, 이쪽으로!"

그 목소리는 그녀를 찾고 있는 줄리앙이었다.

아아! 그녀는 다시 그를 보고 싶지 않았다. 그곳, 자신의 앞에 있는 심연 속에서 그녀는 작은 바위 위로 미끄러지는 어렴풋한 물결 소리를 들었다.

그녀는 뛰어들려고 몸을 완전히 일으켰다. 절망에 빠진 사람들이 던졌던 이별의 인사를 이 세상에 고하려는 순간, 갑자기 어머니에 대한 생각이 그녀의 마음속으로 스며들었다. 그녀는 흐느끼는 어머니의 모습을 보았다. 그리고 물에 빠진 시체 앞에서 무릎을 꿇고 있는 아버지의 모습을 보았다. 그녀는 잠시 부모님의 절망을 생각하고 고통스러움을 느꼈다.

그녀는 눈 위로 무기력하게 쓰러졌다. 줄리앙과 시몽 영감이 램프를 든 마리우스를 앞세우고 그녀가 있는 곳으로 왔을 때, 그녀는 더 이상 도망치지 못했다.

그들은 그녀를 마음대로 다루었다. 그녀가 이제 더 이상 움직일 수가 없었기 때문이다. 그녀는 사람들이 자기를 옮겨다가 침대에 눕히고 뜨거운 수건으로 몸을 문지르는 것을 느꼈다. 그 후에는 의식을 잃고 말았다.

얼마 후, 그녀는 눈을 떴다. 그리고 어머니가 전혀 모르는 어떤 뚱뚱한 남자와 함께 자기 방에 앉아 있는 것을 보고도 놀라지 않았다.

기억 같은 것은 나지 않았다. 그 뚱뚱한 남자가 말했다.

"자, 의식이 돌아왔군요."

그러자 어머니가 울기 시작했다. 뚱뚱한 남자가 다시 말을 이었다.

"자, 진정하십시오. 남작 부인. 이젠 제가 책임지겠습니다. 그러나 따님에겐 아무 말도 하지 마십시오. 아무 말도……. 푹 자게 내버려두십시오."

어느 날, 잠에서 깨어난 그녀는 자기 곁에 혼자 앉아 있는 줄리앙을 보았다. 그러자 갑자기 지나간 생활을 가리고 있던 장막이 걷히듯 모든 것이 떠올랐다.

그녀는 마음속에 무서운 고통을 느꼈다. 또다시 도망치고 싶어졌다. 그녀는 시트를 걷어 젖히고 바닥으로 뛰어내렸으나, 다리가 몸을 지탱하지 못하고 쓰러지고 말았다.

줄리앙이 그녀에게로 달려왔다. 그녀는 남편이 자기를 건드리지 못하도록 울부짖기 시작했다. 그녀는 몸을 비틀면서 바닥에 뒹굴었다.

그런데 어머니와 리종 이모 그리고 남작이 와 있는 것을 보면, 그녀는 매우 중태였던 모양이다. 그런데 줄리앙은, 그는 뭐라고 했을까? 부모님은 그 일을 알고 있을까? 그리고 로잘리는 지금 어디 있을까? 그리고 이제 어떻게 해야 할까?

한 가지 생각이 번개처럼 떠올랐다. 아버지와 어머니와 함께 예전처럼 루앙으로 돌아가는 거다. 과부가 되면 그뿐이다.

그녀는 주위에서 하는 소리를 들으면서, 모든 걸 잘 알고 있으면서도 모른 체하며 이성이 회복되는 것을 속으로 기뻐 하면서 참을성 있게 일을 잘 처리하려고 머리를 썼다.

그날 밤, 남작과 남작 부인만 방 안에 있게 되자 잔느는 이야기를 시작했다.

그녀는 힘은 없으나 분명한 목소리로 모든 것을 차근차근히 말했다. 줄리앙의 괴상한 성격, 그의 냉혹함, 그의 인색함 그리고 마침내 그의 부정까지도…….

그녀가 말을 끝내자, 남작은 딸이 헛소리를 하고 있지 않다는 것을 잘 알았다. 그러나 그는 그것을 어떻게 생각하고, 어떻게 해결하고, 어떻게 대답해야 할지를 몰랐다.

그는 예전에 옛날이야기를 들려주면서 딸을 잠재웠을 때처럼 정답게 그녀의 손을 잡았다.

"신중하게 행동해야만 한다. 아무것도 서두르지 말자. 우리가 결정할 때까지는 네 남편을 참아내도록 해라……. 그걸 내게 약속해 주겠지?"

그녀가 중얼거렸다.

"그러겠어요. 하지만 몸이 회복되면 여기에 남아 있지 않을 거예요."

남작은 환자의 방에서 나오면서 분노로 후끈 달아올라, 아버지로서의 마음에 상처를 입은 채 줄리앙을 만나러 갔다. 그리고 불쑥 이렇게 말했다.

"여보게, 내 딸에 대한 자네의 행동에 해명을 요구하러 왔네. 자네는 하녀와 함께 그 애를 배신했어. 그건 이중으로 비열한 짓이야."

그러나 줄리앙은 결백한 척하며 기를 쓰고 부인하면서, 하느님의 이름을 들먹이면서까지 맹세하는 것이었다. 게다가 어떤 증거가 있는가? 잔느는 실성하지 않았는가? 그녀는 열병에 걸리지 않았었던가? 발병 초기에 정신 착란의 발작으로 어느 날 밤 달아났던 것이 아닌가? 그녀가 거의 벗은 상태로 집안을 뛰어다니고, 남편의 침대에서 하녀를 보았다고 주장하는 것은 바로 그 발작 중에 일어난 일이라는 것이다. 줄리앙은 길길이 날뛰며 고소를 하겠다고 위협했다. 그는 열화와 같이 화를 냈다.

그의 태도에 당황한 남작은 변명을 하며 사과했다. 그리고 사과의 손을 내밀었으나, 줄리앙은 악수를 거절했다.

그러고 나서 사흘째 되는 날 아침, 잔느는 로잘리를 보고 싶다고 했다.

남작은 하녀가 올라오는 것을 거절했고, 이미 떠났노라고 단언했다. 잔느는 조금도 굴하지 않고 되풀이해서 말했다.

"그렇다면 사람을 보내 데려다 주세요."

잔느를 안정시키려 의사가 들어왔을 때, 그녀는 극도로 신경이 날카로워져 울음을 터뜨렸다.

"로잘리가 보고 싶어요. 그 애를 만나고 싶어요!"

그러자 의사는 그녀의 손을 잡고 낮은 소리로 말했다.

"진정하세요, 부인. 모든 감정은 중대한 결과를 초래할 수도 있습니다. 부인은 임신 중이시니까요."

그녀는 한 대 얻어맞은 듯이 멍해졌다. 그리고 갑자기 그녀의 몸속에서 무엇인가가 움직이는 것같이 느껴졌다.

그녀는 남들이 뭐라고 해도 들으려 하지 않고 입을 다문 채 생각에 잠겨 있었다. 그녀는 한 아이가 자기 뱃속에서 살고 있다는 새롭고도 이상한 생각에 놀라서 그날 밤은 잠을 이루지 못했다. 그러나 그 애가 줄리앙의 자식이라는 사실이 슬프고 불쾌했다. 아버지를 닮으면 어떻게 하나 하는 생각이 그녀를 두렵게 하고, 불안하게 했다.

날이 밝자 그녀는 남작을 불러 달라고 했다.

"아버지, 저 결심했어요. 모든 걸 알고 싶어요. 특히 지금은요. 아시겠죠? 그러고 싶어요. 아버지는 제가 처해 있는 상황에서 저를 말려서는 안 된다는 것을 아실 거예요. 아버지는 가서 신부님을 불러오세요. 로잘리가 거짓말을 못 하게 하기 위해서는 그분이 필요해요. 그리고 신부님이 오시면 곧 그 애를 올라오게 하세요. 아버지는 어머니와 함께 여기에 남아 계시고요. 하지만 특별히 조심하셔야 해요. 줄리앙이 눈치채면 안 되니까요."

한 시간 후에 신부가 들어왔다. 그는 여전히 뚱뚱했으며, 헐떡이는 건 남작 부인보다 더했다. 그는 어머니 옆의 안락의자에 앉으며 환자 쪽으로 몸을 돌렸다.

"아, 그래! 그래! 젊은 부인, 소문으로는 머잖아 새로운 명명식이 있을 것 같다고요. 하하하! 이번에는 배의 명명식이 아니겠지요."

그는 엄숙한 어조로 덧붙였다.

"조국의 수호자이거나 현모양처겠지요."

그때 문이 열렸다. 로잘리는 미친 듯이 날뛰고 있었다. 그녀는 눈물을 흘리면서 들어가지 않으려고 문틀에 매달렸다. 하지만 견디다 못한 남작이 그녀를 방 안으로 단번에 밀어붙였다. 그러자 그녀는 그 자리에 선 채로 두 손으로 얼굴을 가리고 흐느꼈다.

잔느는 그녀를 보자 시트보다 더 창백한 얼굴로 벌떡 몸을 일으켰다가 다시 주저앉았다. 그녀는 막히는 숨을 간신히 내쉬면서 감정이 복받쳐 끊어지는 목소리로 말했다.

"난, 난…너한테 물어볼 필요도 없다. …내 앞에서 네가 그렇게 부끄러워하는 걸 보는 것만으로 충분해……."

숨이 막혀 잠시 쉬었다가 그녀는 다시 말을 이었다.

"그러나 난 모든 걸 알고 싶다. 모든 걸……. 난 고해를 하는 것처럼 하기 위해서 신부님을 오시게 했다. 알겠니?"

로잘리는 꼼짝도 하지 않고 서서 부르르 떠는 두 손 사이로 거의 고함을 질러 댔다.

남작은 화가 치밀어 올라 그녀의 두 팔을 잡아 난폭하게 얼굴에서 떼어 놓고는, 그녀를 침대 곁으로 떠다밀며 무릎을 꿇게 했다.

"자, 말해……. 대답해 봐."

로잘리는 모자를 비스듬히 쓰고, 앞치마는 마룻바닥에 떨어뜨린 채 자유로워진 두 손으로 다시 얼굴을 가렸다. 신부가 그녀에게 말했다.

"자, 네게 말하는 것을 잘 듣고 대답해라. 우리는 너에게 고통을 주고 싶지 않다. 그러나 무슨 일이 일어났었는지는 알고 싶다."

잔느는 침대 가장자리에서 몸을 숙이고 로잘리를 바라보며 말했다.

"내가 너희들을 기습했을 때, 너는 줄리앙의 침대 속에 있었던 건 틀림없었어."

로잘리는 손가락 사이로 신음하듯이 말했다.

"네. 그래요, 아씨."

그러자 갑자기 남작 부인이 목멘 소리로 울기 시작했다. 그녀의 발작적인 오열은 로잘리의 울음과 잘 어울렸다. 잔느는 하녀를 똑바로 쳐다보면서 물었다.

"언제부터 그런 일이 계속되었지?"

로잘리가 우물거리면서 말했다.

"그분이 오시고나서부터요."

잔느는 이해가 되지 않았다.

"그분이 오시고부터라니……. 그러면 언제부터……. 봄부터란 말이냐?"

"네, 아씨."

잔느는 많은 질문으로 가슴이 억눌린 듯 조급한 목소리로 물었다.

"그래, 어떻게 그런 일이 생기게 되었니? 그가 어떻게 네게 요구하던? 어떻게 너를 구슬리던? 네게 무슨 말을 했지? 언제 어떻게 너는 굴복했지? 어떻게 넌 그에게 몸을 맡길 수 있었니?"

얼굴에서 손을 뗀 로잘리는 이번에는 말하고 싶은 흥분과 욕구에 사로잡혔다.

"어떻게 말씀드려야 할지……. 여기에서 식사를 드시던 맨 첫날, 제 방으로 저를 찾아오셨어요. 다락방에 숨어 계셨던 거예요. 저는 말썽이 일어날까 봐 감히 소리칠 수가 없었어요. 그 날, 그분은 저와 함께 주무셨어요. 그때는 제가 무슨 짓을 하고 있는지 몰랐습니다. 그분이 하시고 싶은 대로 하셨으니까요. 저는 그분이 잘난 분이라고 생각했기 때문에 아무 말도 하지 않았습니다……."

잔느가 소릴 질렀다.

"그럼…네 아이도…그이 애냐?"

로잘리가 흐느꼈다.

"네, 아씨."

그러고 나서 두 사람은 모두 입을 다물었다. 로잘리와 남작 부인의 울음소리 이외에는 아무 소리도 들리지 않았다.

하녀의 아이가 자기 아이와 똑같은 아버지를 갖다니! 순간 분노가 스러졌다. 그녀는 지금 침울하고 깊은 절망감이 천천히 몸속으로 스며드는 느낌뿐이었다. 그녀는 마침내 눈물에 젖은 음성으로 입을 열었다.

"우리가…거기에서…여행에서 돌아와서……. 언제 다시 그 짓을 시작했지?"

하녀는 바닥에 털썩 주저앉으면서 더듬거렸다.

"저…오시던 첫날 밤부터……."

이 말 한마디가 잔느의 가슴에 쥐어짜는 듯한 고통을 주었다.

레 푀플로 돌아온 날 첫날 밤, 그는 이 계집애 때문에 자기 곁을 떠났던 것이다. 그녀를 혼자 자게 한 것은 바로 이 이유 때문이었던 것이다! 그녀는 이제 충분히 알았다. 더 이상 아무것도 알고 싶지 않았다. 그녀가 소리쳤다.

"저리 가! 나가!"

로잘리가 꼼짝도 하지 않았기 때문에, 잔느는 기진맥진한 채 아버지를 불렀다.

"저 애를 데려가세요. 끌어내세요."

그러나 그때까지 아무 말도 하지 않고 있던 신부는 설교를 한마디 할 때가 왔다고 판단했다.

"네가 한 짓은 정말 나쁜 짓이다, 나쁜 짓이야. 하느님도 금방 용서하지 않으실 거다. 이제부터 품행을 단정하게 하지 않으면, 너를 기다리고 있는 것은 지옥이라는 것을 명심해라. 이제는 어린애도 있으니 단정하게 살아야만 한다. 남작 부인께서 널 위해 무엇인가를 틀림없이 해 주실 거다. 우리는 너에게 남편을 구해 줄 것이고……."

신부는 더 길게 이야기했을지도 모르나, 남작은 다시 로잘리의 어깨를 잡고 일으켜 세우더니 문이 있는 데까지 끌고 가서 짐짝을 부리듯이 복도에 내동댕이쳤다.

그런 다음 남작은 신경질적으로 몸을 떨면서 소리쳤다.

"나를 분개시키는 놈은 추잡한 줄리앙이란 말입니다. 그가 저지른 짓은 수치스러운 것이오. 나는 딸을 데리고 가겠소."

격분한 남작은 여전히 흥분해서 방 안을 왔다 갔다 했다.

신부는 눈물을 흘리고 있는 남작 부인 곁에서 천천히 담배 한 모금을 빨아들이면서, 마음을 진정시켜야 하는 자신의 임무를 수행하려고 애를 쓰며 말을 이었다.

"자, 남작님. 우리끼리 이야기지만, 그 사람은 다른 모든 사람과 똑같은 짓을 한 겁니다. 당신은 충실한 다른 남편들을 얼마나 많이 알고 계십니까?"

그리고 신부는 착한 장난꾸러기같이 덧붙였다.

"내기를 걸어도 좋습니다만, 당신 자신도 장난을 하신 적이 있지 않습니까. 자, 가슴에 손을 대고 말씀해 보십시오. 사실이죠?"

남작은 아연실색해서 더는 움직일 수가 없었다. 정말 그렇다. 그도 그런 짓을 한 적이 있다.

예쁘기만 하면 아내의 하녀라도 상관없었다. 그렇다고 해서 자신이 비열한 인간인가? 자기 자신은 죄가 된다고 생각한 적조차 없으면서, 왜 줄리앙의 품행에 대해서는 그렇게 가혹하게 다스리려 하는가?

아직도 흐느끼느라 헐떡이는 남작 부인이 남편의 젊었을 때의 방탕한 행위들을 생각하고는 입술에 미소를 띠었다. 왜냐하면 그녀는 사랑의 모험이 생활의 일부분으로 자리 잡아, 그런 종류의 일에 쉽게 감동하는 관대하면서도 감상적인 여자였기 때문이다.

잔느는 반듯이 누워 팔을 늘어뜨리고는, 천장을 바라보면서 고통스러운 생각에 잠겨 있었다. 로잘리의 한마디 한마디가 되살아나서 그녀의 영혼에 상처를 입히고, 송곳처럼 그녀의 가슴을 찔러댔다.

'저는, 그분이 잘난 분이라고 생각했기 때문에 아무 말도 하지 않았어요.'

그녀 역시 그를 잘났다고 생각했었다. 오직 그것 때문에 그녀는 그에게 몸을 맡겼고, 평생을 묶였고, 다른 모든 희망과 막연하게 예상했던 모든 계획과, 모든 미지의 사람을 단념했던 것이다. 그런데 그녀는 기어오를 턱조차 없는 이 구멍 같은 결혼 속에서 비참함과 슬픔과 절망에 빠져 버린 것이다. 로잘리처럼 자기도 그를 잘난 남자로 생각했다는 단지 그 이유 때문에!

문이 거칠게 열리더니 줄리앙이 사나운 표정으로 나타났다. 그는 계단에서 비명을 지르는 로잘리를 보고, 틀림없이 로잘리가 모든 사실을 말했음을 확신하고는 다른 이들이 무슨 음모를 꾸미고 있는지를 확인하기 위해 왔던 것이다.

신부를 보자 그는 그 자리에 못 박히듯 서 버렸다. 그는 떨리면서도 침착한 음성으로 물었다.

"뭐예요? 무슨 일이 있었나요?"

조금 전에 그렇게도 과격했던 남작은 감히 아무 말도 하지 못했다. 그는 신부의 논증과 사위가 자신을 예로 들며 반격할 것이 두려웠던 것이다. 남작 부인은 더욱 심하게 눈물을 흘리고 있었다. 그러나 잔느는 두 손으로 버티고 일어나 앉아 숨을 헐떡이면서, 자기에게 이처럼 잔인한 고통을 남겨준 남자를 쳐다보았다. 그녀는 더듬거리면서 말했다.

"우리는 이제 모든 것을 알았어요. 당신의 비열한 짓을 모두 알고 있다고요. 당신이 이 집에 들어왔던 날부터……. 그 하녀의 아이가 바로 내 아이와 마찬가지로 당신의 자식이라는 것도요. 그 애들이 형제라는 것을요……."

그녀의 생각이 다시 거기에 미치자, 그녀는 견딜 수 없는 고통으로 이불 속에 몸을 파묻으며 격정적으로 울었다. 줄리앙은 뭐라고 말해야 할지, 어떻게 해야 할지 몰라 입을 멍하니 벌리고 있었다. 이번에도 또 신부가 끼어들었다.

"자, 자, 그렇게 너무 슬퍼하지 말아요. 젊은 부인, 이성을 차리세요."

그는 일어나 침대 곁으로 다가가서는 자신의 미지근한 손을 절망하고 있는 여자의 이마에 얹었다. 이 단순한 접촉이 이상하게도 그녀를 누그러뜨렸다.

그 선량한 사람은 여전히 선 채로 말을 이었다.

"부인, 항상 용서해야만 합니다. 당신에게는 지금 커다란 불행이 찾아왔습니다. 그러나 하느님은 당신을 긍휼히 여기사, 커다란 행복으로 보상해 주셨습니다. 당신은 곧 어머니가 되실 테니까요. 그 아이는 당신의 위안이 될 것입니다. 그 애의 이름으로 애원합니다만, 줄리앙 씨의 과실을 용서해 주시도록 간청 드립니다. 두 분 사이의 새로운 끈이 될 것이고, 장차 남편의 성실한 삶에 증거가 되기도 할 것입니다. 당신의 몸속에 아기를 갖게 한 그 사람과 진정으로 헤어질 수 있겠습니까?"

그녀는 아무 대답도 하지 못했다. 슬픔에 짓눌리고, 가슴이 아파 왔다.

그러자 신부가 줄리앙의 손을 잡고 침대 곁으로 끌어당겨 그 손을 그의 아내의 손에 쥐어주면서 만족한 표정으로 말했다.

"자, 됐어요. 날 믿어요. 그러는 것이 더 나을 겁니다."

잠시 가까이 있던 두 손이 곧 떨어졌다. 줄리앙은 감히 잔느를 포옹할 용기가 나지 않아, 장모의 이마에 키스를 한 다음 발뒤꿈치를 빙그르르 돌려 남작의 팔을 잡았다. 남작은 일이 이렇게 타결된 것이 내심으로 다행이라 여겨져 그가 하는 대로 내버려두었다.

그들은 담배를 피우기 위해 함께 밖으로 나갔다. 기진맥진한 환자는 곧 잠이 들었고, 신부와 남작 부인은 낮은 소리로 조용히 이야기를 나누었다. 신부는 자신의 생각을 설명하면서, 결론 짓듯이 이렇게 말했다.

"그럼 좋습니다. 그 아이에게 바르빌르 농장을 주십시오. 그럼 내가 책임지고 그 애의 남편으로 얌전하고 충실한 청년을 찾아보겠습니다. 2만 프랑의 재산만 있다면 얼마든지 희망자가 나설 겁니다. 오히려 선택하기가 곤란할 지경이겠지요."

남작 부인은 행복한 미소를 지으며, 다짐 받듯이 말했다.

"좋아요. 바르빌르는 최소한으로 잡더라도 2만 프랑은 나갑니다. 하지만 재산은 어린애의 명의로 해 놓겠어요. 그 애의 부모는 그 수입으로 살아가게 되는 겁니다."

신부는 일어나며 남작 부인과 악수를 했다.

"그대로 앉아 계십시오, 남작 부인. 그대로 앉아 계세요. 한 걸음을 걷는 것이 얼마나 힘든지를 제가 잘 압니다."

신부는 방을 나가다가 환자를 보러 오는 리종 이모를 만났다.

그녀는 아무것도 눈치채지 못했다. 언제나 그런 것처럼, 그녀에게 이야기해 주는 사람이 아무도 없었으므로 아무것도 알지 못했다.

7

로잘리는 집을 떠났고, 잔느는 출산을 기다리며 고통스럽게 하루하루를 보내고 있었다. 그녀는 너무도 큰 슬픔에 짓눌려 자기가 어머니가 된다는 것을 알면서도 아무런 기쁨도 느끼지 못했다.

성채처럼 몸집이 큰 여자가 로잘리를 대신하여 가로수 길을 따라 거니는 남작 부인의 단조로운 산책을 도왔고, 아버지는 이제 몸이 무거워져 늘 괴로워하는 잔느를 한쪽 팔로 부축해 주었다. 그리고 앞으로 다가올 경사에 바쁘고 불안스러워하는 리종 이모는 다른 한쪽에서 잔느의 손을 잡아 주었다. 그녀는 자기로서는 결코 알 수 없는 그 신비에 완전히 들떠 있었다. 그들은 그렇게 몇 시간 동안을 거의 말없이 거닐었다.

한편 줄리앙은 갑자기 승마라는 새로운 취미에 빠져 말을 타고 그 지역을 돌아다녔다. 그들의 침울한 생활을 깨뜨릴 만한 일은 아무것도 일어나지 않았다.

어느 날 오후 네 시경에 말을 탄 두 사람의 남녀가 저택의 앞마당으로 들어섰다. 줄리앙은 몹시 흥분하여 잔느의 방으로 뛰어들었다.

"빨리, 빨리, 내려가 봐. 푸르빌르 백작 부부가 왔어. 당신의

몸이 무거워졌다는 것을 알고, 그저 단순히 이웃으로서 찾아온 거야. 나는 외출했지만, 곧 돌아온다고 말해 주오. 그동안 옷을 갈아입고 나올 테니까."

잔느는 놀라서 내려갔다. 예쁘면서도 창백하고 슬픈 얼굴을 한, 한 번도 햇볕이라고는 받아본 적이 없는 듯이 윤기 없는 금발을 가진 젊은 부인이 여유 있는 태도로 자신의 남편을 소개했다. 그 남자는 붉은 수염이 무성한 게, 마치 커다란 도깨비 같았다. 그 부인은 덧붙여 말했다.

"우린 여러 번 드 라마르 씨를 만날 기회가 있었지요. 그분을 통해서 부인께서 몸이 편찮으시다는 것을 알게 되었고, 저희는 격식을 차리지 않고 이웃으로서 당신을 뵈러 오는 것을 더 이상 미루고 싶지 않았어요. 그래서 보시다시피 저희는 말을 타고 왔습니다. 저번에 남작 내외분께서 방문해 주셔서 정말 기뻤습니다."

그녀는 친숙하고 품위 있는 태도로 능숙하게 이야기를 했다. 잔느는 그녀의 그러한 모습에 매혹되어 금방 그녀가 좋아졌다. 그녀는 생각했다.

'나와 친구가 될 수 있겠구나.'

반대로 드 푸르빌르 백작은 마치 거실에 들어와 있는 곰 같은 모습이었다.

그때 갑자기 줄리앙이 들어왔다. 잔느는 순간 그를 알아보지 못했다. 수염을 깎은 그는 약혼 시절처럼 아름답고 우아하며, 매혹적이었다. 그는 자신의 등장으로 잠에서 깨어난 것 같은 털이 무성한 백작의 손을 잡고 악수를 한 다음, 백작 부인의 손에는 입을 맞추었다. 백작 부인의 상아 같은 볼이 발그레해지며 눈꺼풀이 파르르 떨렸다.

줄리앙은 예전처럼 상냥한 태도로 이야기를 했다. 사랑의 거울 같은 그의 커다란 눈은 정다운 빛을 띠고 있었다. 빗질을 하고 향유를 바른 그의 머릿결은 다시 부드럽게 곱실거렸다.

푸르빌르 백작 부부가 떠나려고 자리에서 일어설 때, 갑자기 백작 부인이 줄리앙 쪽을 돌아보며 말했다.

"자작님, 다음 주 목요일에 승마를 함께하시지 않겠어요?"

그러자 줄리앙이 머리를 숙이면서 화답했다.

"네, 좋습니다. 부인."

백작 부인은 잔느의 손을 잡고 다정한 미소를 지으면서, 부드러우면서도 가슴에 파고드는 목소리로 이렇게 말했다.

"몸이 회복되시면 우리 셋이서 이 근처를 달립시다. 무척 즐거울 거예요. 어떠세요?"

백작 부인은 거침없는 태도로 승마복의 옷자락 끝을 들어 올리고는, 새처럼 가볍게 안장에 올랐다.

그들이 울타리를 돌아 사라지자, 줄리앙이 몹시 기분이 좋은 듯한 목소리로 외쳤다.

"참으로 매력 있는 사람들이야. 그들과 알고 지내면 매우 유익할 거야."

잔느 역시 이유 없이 흡족해져서 대답했다.

"그 조그만 백작 부인은 정말 매혹적이에요. 앞으로 그분을 좋아하게 될 것 같은 느낌이 들어요. 하지만 남편은 교양이 없어 보이더군요. 당신은 그분들을 어디에서 알게 되었지요?"

그는 기분 좋은 듯이 손을 비볐다.

"브리즈빌 집에서 우연히 만났지. 남편은 좀 야성적인 것 같아. 사냥에 미친 사람이지. 하지만 그 사람은 진짜 귀족이야."

그날 저녁 식사는 마치 숨어 있던 행복이 다시 집안으로 들어온 것처럼 매우 즐겁고 유쾌했다. 그리고 7월 말까지 아무 일도 없이 지날 수 있었다.

어느 화요일 저녁, 식구들이 플라타너스나무 아래의 나무 탁자 주위에 앉아 있을 때, 잔느는 갑자기 창백한 얼굴이 되어 비명을 지르면서 두 손을 허리에 갖다 댔다. 순간 빠르고 극심한 고통이 그녀의 전신을 훑어 내리더니 이내 사라졌다. 십 분쯤 후에 또 다른 고통이 보다 오래 그녀의 몸에 파고들었지만, 아까처럼 심하지는 않았다.

그녀는 아버지와 남편에게 거의 안기다시피 하여 간신히 안으로 들어갔다.

해산은 9월로 예정되어 있었다. 하지만 만일의 경우에 대비하여 시몽 영감이 마차에 말을 매고 의사를 부르러 전속력으로 달려갔다. 의사는 자정쯤에 도착했다. 그는 첫눈에 조산의 조짐을 알아보았다.

침대에 누우니 고통은 좀 가라앉았으나, 잔느는 무서운 불안에 괴로웠다. 전신의 기력이 상실되는 것 같은 절망감, 죽음에 대한 예감이 그녀를 속박했던 것이다. 그녀는 죽음의 입김이 심장을 얼어붙게 할 정도로 가까이 스쳐 가는 것을 경험하고 있었다.

환자는 이따금 가냘픈 한숨을 내쉬었다. 다들 두 시간 동안은 아무 일도 일어나지 않을 것이라고 생각하고 있었다. 그러나 갑자기 새벽 무렵에 극심한 진통이 시작되었고, 점점 심해졌다.

'이젠 죽는구나. 죽어!' 하고 생각될 만큼 격렬하게 경련이 일어났다. 그러자 극단적인 반항과 저주하고 싶은 욕구가 가슴에 가득 끓어올랐다. 그것은 자기를 망가뜨린 한 남자와 자기를 죽이려고 하는 낯모르는 한 어린아이에 대한 증오심이었다.

그녀는 이 짐을 내던져 버리기 위해 있는 힘을 다해 몸을 쭉 뻗었다. 그러자 갑자기 자기의 배가 온통 비어 버리는 것 같더니 진통이 가라앉았다.

산파와 의사가 그녀 위로 몸을 구부리고 일을 처리했다. 그들은 무엇인가를 들어올렸다. 곧 얼마 전에도 들었던 그 자지러지는 울음소리가 그녀를 움찔하게 만들었다.

그녀는 자신의 아이가 보고 싶었다. 조산이었기 때문에 아이에게는 머리카락도 없었고, 손톱도 없었다. 그러나 이 발육이 부진한 아이가 애벌레처럼 움직이는 것을 보았을 때, 입을 벌리고 가냘픈 울음소리를 내는 것을 보았을 때, 주름살투성이로 달을 채우지 못하고 나온 어린 생명체를 만져 보았을 때 그녀는 억제할 수 없는 기쁨에 사로잡혔다. 그녀는 모든 절망에서 벗어났으며, 이제 다른 것은 모두 잊어버리고 앞으로 사랑을 쏟을 수 있는 대상을 하나 얻었다는 사실에 기쁨이 샘솟았다.

그때부터 그녀는 오직 한 가지, 아기 생각밖에 없었다. 그녀는 갑자기 열광적인 어머니가 되었다. 사랑에 환멸을 느끼고, 온갖 희망이 깨어진 만큼 더 열광적이 되었던 것이다. 그녀는 언제나 침대 곁에 요람을 놓게 했고, 몸을 풀고 일어나자마자 하루 내내 창가에 앉아 가볍게 요람을 흔들면서 지내곤 했다.

그녀는 오직 아기에 관한 이야기밖에 하지 않았다. 그녀는 아기의 옷이나 턱받이, 혹은 훌륭하게 공들여 다듬은 리본 같은 것을 자랑하려고 사람들의 이야기를 가로막기도 했다.

"이것이 저 애에게 어울릴까요?"

남작과 어머니는 딸의 이와 같은 열광적인 애정에 미소를 지었다. 그러나 줄리앙은 빽빽 울어 대기만 하는 이 절대적인 권력의 폭군이 태어남으로써 자기의 지배력이 축소되었고, 자신의 모든 습관이 엉망이 되어 버렸다는 생각이 들어 참지 못하고 화를 냈다.

"저 녀석 때문에 정말 견딜 수가 없군!"

그녀는 밤에도 자지 않고 요람 곁에 앉아 어린아이의 잠든 모습을 지켜볼 정도로 아이에게 집착했다. 병적이라고 보일 만큼 어린아이에게 정성을 기울였기 때문에, 마침내 몸이 쇠약해져 식사도 제대로 하지 못했다. 그러자 의사는 그녀를 아이에게서 떼어 놓으라고 명령할 정도였다.

아기의 세례식은 8월 말경에 있었다. 남작이 대부가 되었으며, 리종 이모가 대모가 되었다. 아이는 피에르 시몽 폴이란 이름을 받았는데, 그냥 짧게 폴이라고 불렀다.

9월 초순에 리종 이모가 소리 없이 떠났다. 그러나 그녀가 있을 때와 마찬가지로, 그녀가 없다는 사실은 그다지 눈에 띄지 않았다.

그날 밤, 저녁 식사를 마친 후에 신부가 방문했다. 그는 마치 마음속에 어떤 비밀이라도 간직하고 있는 듯 거북해 하는 것 같았다. 몇 마디 잡담을 한 다음, 그는 남작 부인과 남작에게 특별히 의논할 것이 있다면서 잠시 시간을 내 달라고 청했다. 세 사람은 활발하게 이야기를 나누면서 느린 걸음으로 큰 가로수 길을 걸었다.

그러는 동안 잔느와 단둘이 남은 줄리앙은 그 비밀이 무엇인지 궁금해 하면서, 자기만 빼놨다고 화를 냈다.

그는 작별 인사를 하러 온 신부를 배웅하겠다면서 따라 나섰고, 두 사람은 마침 삼종기도 시간을 알리는 종소리가 울리는 성당으로 걸음을 옮겼다.

날씨는 조금 추웠다. 산책에서 돌아온 사람들이 거실에 앉아 나른함에 잠겨 있을 때, 갑자기 줄리앙이 화가 난 듯 붉어진 얼굴로 돌아왔다.

잔느는 영문을 모른 채 눈을 휘둥그렇게 뜨곤 더듬거리듯이 물었다.

"대체 무슨 일이 있는 거예요?"

그러자 줄리앙은 몸을 돌리더니, 자기와 마찬가지로 기대하고 있던 재산을 빼앗긴 그녀를 증인으로 끌어들였다. 로잘리를 어떤 남자와 결혼시킬 음모를 꾸몄으며, 적어도 2만 프랑의 가치가 있는 바르빌르의 땅을 로잘리에게 지참금으로 주게 되었다는 이야기를 그녀에게 퉁명스럽게 했다.

남작은 기가 막혀서 대답할 말을 제대로 찾지도 못 했다. 그러다가 마침내 화가 치밀어 오르는 것을 참지 못하고 발을 구르면서 소리쳤다.

"자네가 무슨 말을 하고 있는지를 생각해 보게. 가만히 듣고 있자니, 참을 수가 없군! 그 미혼모에게 지참금을 줄 수밖에 없게 된 것이 누구 탓인가? 그리고 그 애가 누구 자식인가? 이제는 내버리겠다는 건가?"

줄리앙은 남작의 과격한 태도에 놀라 그를 뚫어지게 바라보았다. 그는 조금 누그러진 어조로 다시 말했다.

"하지만 1천 5백 프랑이면 충분하지 않습니까. 이 근처의 계집애들은 모두 결혼하기 전에 아이를 낳습니다. 그러니 그게 누구의 자식이든 상관없는 겁니다. 2만 프랑이나 하는 농장을 주는 건, 우리에게 주는 손해는 제쳐 놓더라도 남들에게 무슨 내막이 있음을 알리는 것이 되고 맙니다. 적어도 우리 가문의 입장은 생각해 주셔야 하는 것 아닙니까?."

줄리앙은 자기 논법의 정당성과 논리에 대해 확고한 신념을 가지고 있는 것처럼 준엄한 목소리로 말했다.

남작은 이 예기치 않은 논조에 당황하여 입을 벌리고 서 있었다. 그러자 줄리앙은 자신이 이겼다고 생각하고 결론을 내렸다.

"다행히도 서류상으로는 아무것도 이행된 것이 없습니다. 제가 그 계집애와 결혼하겠다는 젊은 녀석을 알고 있습니다. 용감한 사람이지요. 그 녀석과 상의하면 모든 것이 잘 해결될 겁니다. 그 일은 제가 맡겠습니다."

그리고 그는 곧바로 밖으로 나갔다.

그가 사라지자, 남작은 너무나 기가 막힌 나머지 몸을 떨며 소리쳤다.

"이건 너무 심하군, 너무 심해! 지독한 놈이야."

이틀 후, 점심을 마치고 줄리앙이 말을 타고 나간 후였다. 스물두세 살쯤 되어 보이는, 키와 몸집이 제법 큰 젊은이가 찾아왔다.

그는 저택을 돌아서 괴상한 걸음걸이로 플라타너스 아래에 앉아 있는 남작과 두 부인 곁으로 다가와서 더듬거리는 말투로 말했다.

"안녕하십니까? 남작님, 마님 그리고 아씨."

그러나 아무도 대답을 하지 않자, 그는 스스로 자기 이름을 댔다.

"제가 바로 데지레 르콕입니다."

이름을 듣고 나서도 전혀 짐작되는 것이 없자, 남작이 물었다.

"무슨 일이오?"

"신부님이 이 일에 관해서 두어 마디 언급하셨습니다다

만……."

"어떤 일 말인가? 난 잘 모르겠네."

그러자 젊은이는 결심한 듯 목소리를 낮추어 말했다.

"댁의 하녀, 로잘리…에 관한 일입니다."

그때야 무슨 일인지를 알아차린 잔느는 자리에서 일어나 아기를 안고 물러갔다.

"가까이 오게."

남작이 딸이 앉았던 의자를 가리키며 말했다.

그 젊은이는 얼른 자리에 앉으면서 중얼거렸다.

"나리는 참으로 친절하시군요."

그리고 그는 다시 입을 다물었다. 남작은 더 이상 참을 수가 없어, 무뚝뚝한 어조로 질문을 던졌다.

"그래, 자네가 로잘리와 결혼하겠다는 사람인가?"

"경우에 따라서는 그럴 수도 있고, 아닐 수도 있지요. 경우에 따라서 말입니다."

그러나 남작은 이 계산적인 발언에 화가 났다.

"제기랄! 솔직하게 말해 보게. 그것 때문에 온 거지? 그런가, 안 그런가? 그 애를 맞이하겠다는 거야, 안 하겠다는 거야?"

젊은이는 그 말에 당황했는지 발만 내려다보았다.

"신부님이 말씀하신 대로라면 그 여자를 맞아들이겠습니다.

그러나 줄리앙 서방님 말씀대로라면 그러지 않겠습니다."

"줄리앙이 자네에게 뭐라고 했는가?"

"줄리앙 서방님은 저에게 1천 5백 프랑을 받게 될 것이라고 말했습니다. 그리고 신부님은 2만 프랑이라고 하셨지요. 2만 프랑이면 좋습니다만, 1천 5백 프랑이라면 그만두겠습니다."

이런 흥정이 거북하게 느껴진 남작이 딱 잘라서 말했다.

"나는 신부님께 자네가 살아 있는 동안은 자네 것으로 해 놓고, 나중엔 아이에게 돌아가는 조건으로 바르빌르의 농장을 주겠다고 했네. 그리고 그것은 2만 프랑의 가치가 있지. 난 일구이언은 하지 않네. 그럼 됐나? 할 텐가, 안 할 텐가?"

젊은이는 만족스러운 표정으로 비굴한 웃음을 지으면서 큰 소리로 말했다.

"아! 그렇다면 좋습니다. 문제가 되는 것은 그것뿐이었습니다."

"그래, 언제 결혼을 하겠는가?"

그러자 젊은이는 갑자기 당황한 얼굴로 주저하며 말했다.

"우선 증서라도 하나 만들어 주셨으면……."

그러자 남작이 벌컥 화를 냈다.

"당장 대답하게. 할 텐가, 안 할 텐가? 자네가 원하지 않는다면, 그렇다고 하게. 신랑감은 얼마든지 있으니까."

그러자 경쟁자에 대한 두려움이 이 교활한 노르망디 젊은이를 당황하게 만든 것 같았다. 그는 결심한 듯, 마치 소 시장에서 흥정을 끝낸 사람처럼 손을 내밀었다.

"좋습니다. 그렇게 하기로 하겠습니다, 남작 나리, 끝났습니다. 절대로 약속을 깨뜨리지 않겠습니다."

젊은이는 올 때보다 가벼운 발걸음으로 돌아갔다.

줄리앙에게는 이 방문에 대해 아무 말도 하지 않았다. 계약서는 비밀리에 준비되었다. 그러고 나서 일단 결혼하기로 정해지자, 어느 일요일 아침에 결혼식이 거행되었다.

이웃 여자가 신랑 신부의 뒤에서 어린애를 안고 성당으로 갔다. 마치 확실한 행복의 담보물이라도 되는 것처럼…….

나중에야 그 사실을 안 줄리앙은 펄쩍 뛰었다. 그 일로 인해 장인과 장모는 레 푀플에 체류하는 기간을 단축해야 했다.

잔느는 그다지 깊은 슬픔을 느끼지 않고 부모님이 떠나가는 것을 보았다. 그녀에게는 폴만이 마르지 않는 영원한 행복의 샘이었던 것이다.

8

잔느가 해산하고 나서 몸이 완전히 회복되자, 그들 부부는 지난번 방문에 대한 감사하는 의미로 푸르빌르 백작 집안과 쿠틀리에 후작 집안을 방문하기로 했다.

줄리앙은 경매에서 새 마차를 한 대 샀다. 새 마차는 포장이 없는 경쾌한 사륜마차로, 말이 한 필밖에 필요하지 않았기 때문에 한 달에 두 번 외출할 수 있게 되었다.

12월의 어느 청명한 날, 말이 매인 마차는 노르망디의 평야를 가로질러 두 시간이나 길을 달린 뒤, 산허리에 나무가 우거진 골짜기를 내려가기 시작했다.

계곡을 급히 돌아가자, 라 브리에트 저택이 모습을 드러냈다. 한쪽은 나무가 많은 비탈길에 있었고, 다른 쪽은 커다란 호수 속에 성벽을 온통 담그고 있었다.

줄리앙은 그 건물의 모든 것을 알고 있기라도 한 듯 잔느에게 세세한 부분까지 설명해 주었다. 그는 황홀할 정도로 아름다운 저택에 넋을 잃고 그 건물을 설명하는 걸 뽐냈다.

입구의 문은 활짝 열려 있었다. 창백한 얼굴의 백작 부인이 미소를 머금고 나타나 방문객 앞으로 다가왔다. 그녀는 옛날 성주 부인처럼 질질 끌리는 옷을 입고 있었다. 그녀는 이 백작의 저택을 위해 태어난 아름다운 호수의 귀부인처럼 보였다.

백작 부인은 마치 어린 시절의 친구라도 되는 듯 잔느의 두 손을 잡아 앉히더니, 자신은 그 옆에 있는 나지막한 의자에 앉았다. 한편 5개월 전부터 과거의 우아함이 되살아난 줄리앙은 부드럽고 정다운 몸짓으로 이야기를 하며 웃고 있었다.

백작 부인과 줄리앙은 그들의 승마 산책에 대해 이야기를 나누었다. 백작 부인이 줄리앙이 말을 탈 때의 이상한 몸짓을 우스워하면서 '비틀거리는 기사'라고 부르자, 그 역시 웃으면서 그녀에게 '아마존의 여왕'이라고 불렀다.

창문 아래에서 총소리가 한 방 나자, 잔느가 조그맣게 비명을 질렀다. 그것은 백작이 조그만 오리를 쏘는 소리였다. 부인이 곧 그를 불렀다.

백작은 자기 집이라서 그런지 전보다 훨씬 자연스러워 보였고, 방문객을 보자 몹시 반가워했다. 그는 난로에 장작을 지피게 한 다음, 갑자기 큰 소리로 말했다.

"물론 저희들과 함께 저녁 식사를 하실 거죠? 그렇게 알겠습니다."

그러나 어린아이에 대한 생각이 잠시도 떠나지 않는 잔느가 사양하자, 백작이 계속 간청했다. 잔느가 끝끝내 응하려 들지 않자, 줄리앙이 초조한 기색을 보였다. 결국 잔느는 남편의 고약하고 사나운 성질을 건드릴까 두려워서 마지못해 승낙했다. 폴을 보지 못한다는 생각에 괴로워하면서 마친 방문이었다.

일주일 후에는 이 지방의 제일가는 귀족 집안이라고 알려져 있는 쿠틀리에 후작 집안을 방문했다. 루이 14세 때 지어진 이 새 저택은 벽으로 둘러싸인 아름다운 정원수 속에 있었다. 약간 높은 언덕 위로 폐허가 된 옛 저택의 모습이 보였다.

잔느와 줄리앙이 들어서자, 후작 부부가 맞이했다. 분 화장을 곱게 한 부인이 일부러 꾸민 듯한 부자연스러운 태도로 겸손하게 보이려고 하는 것이 무척 어색하게 느껴졌다. 주인은 흰 머리를 똑바로 빗어 올린 뚱뚱한 남자였는데, 그의 몸짓이나 목소리, 태도 모두에서 자신의 지위를 나타내려는 듯한 거만한 태도가 드러났다.

잔느와 줄리앙은 어찌할 바 몰라 하며 기분을 가라앉히려고 애를 썼으나 마음이 편치 않았다. 더 머물러 있는 것이 거북스러워서 그만 돌아가고 싶었지만, 마땅한 이유가 없어 당혹스러웠다. 그때 마침 후작 부인이 적당한 곳에서 이야기를 중단했기 때문에 자연스럽고도 간단하게 방문을 끝낼 수 있었다.

돌아오면서 줄리앙이 말했다.

"당신만 괜찮다면 방문은 이 정도에서 끝내기로 합시다. 나는 푸르빌르 백작 집안으로도 충분할 것 같소."

잔느도 그와 같은 생각이었다.

한 해의 가장 밑바닥에 있는 어두운 구멍 같은 침침한 12월

이 천천히 지나갔다. 지난해와 마찬가지로 집 안에 틀어박힌 생활이 다시 시작되었다. 그러나 잔느는 폴에게 정신이 팔려서 조금도 지루하지 않았다. 줄리앙은 불만스럽고 못마땅해 하는 시선으로 폴을 곁눈질하곤 했다.

촌장과 의사, 그리고 신부는 이따금 와서 저녁 식사를 같이했다. 때로는 푸르빌르 백작 부부와도 저녁 식사를 함께하면서, 그들과는 점점 더 친밀한 교제를 가졌다.

3월은 청명하고 건조했으나, 거의 온화한 날씨였다. 질베르트 백작 부인은 넷이서 함께 승마 산책을 하는 것에 대해 다시 이야기를 꺼냈다. 늘 비슷하고 단조로운 하루하루에 싫증이 난 잔느는 몹시 기뻐하면서 승낙했다. 그래서 일주일 동안 그녀는 승마복을 만드는 것으로 시간을 보냈다.

그 후 네 사람은 승마 산책을 시작했다. 그들은 언제나 두 사람씩 짝을 지어 갔다. 백작 부인과 줄리앙이 앞서서 가고, 백작과 잔느는 백 보쯤 떨어진 뒤에서 달렸다. 뒤의 두 사람은 마치 친구처럼 조용하게 이야기를 나누었다. 그들은 올바른 정신과 순박한 마음의 접촉으로 친구가 되었다. 앞서 가는 사람들은 자주 낮은 소리로 이야기를 했고, 이따금 격렬한 웃음을 터뜨렸으며, 갑자기 입으로 말하지 못하는 것을 눈으로 말하는 듯 서로를 쳐다보곤 했다. 그러다가 그들은 아주 멀리 달아나고 싶은 욕망에 사로잡힌 듯 갑자기 전속력으로 달리기도 하면서 승마 산책을 즐겼다.

봄은 이상하게 빨리 왔고, 매우 따뜻했다. 태양은 온화한 아침부터 조용하고 포근한 저녁까지 따뜻한 볕으로 땅에 감추어져 있는 싹을 움트게 했다.

어느 날 아침, 그녀가 이렇게 나른한 상태에 빠져 있을 때, 하나의 환영이 그녀를 스쳐갔다. 문득 검푸른 나뭇잎들 사이로 햇볕이 들던 에트르타 부근의 작은 숲 속에 있는 동굴이 떠오른 것이다. 그녀는 그곳에서 처음으로 그때 자신을 사랑하고 있던 그 젊은 남자 곁에서 자신의 몸이 떨리는 것을 느꼈다. 또한 그곳은 그가 처음으로 자기 마음속에 있던 수줍은 욕망을 더듬거리며 말했던 곳이었다. 게다가 그녀가 갑자기 자신이 꿈꾸던 희망으로 빛나는 미래에 닿을 것만 같이 생각했던 곳도 바로 그곳이었다.

줄리앙은 새벽부터 어디론가 나가고 없었다. 그녀는 마르탱의 집에서 가져온 흰 말에 안장을 얹게 했다. 요즘 들어 그녀가 종종 그 말을 타곤 했다.

그녀는 출발했다. 풀 한 포기, 잎사귀 하나 움직이지 않는 그런 조용한 날이었다.

'에트르타의 문'이라고 불리는 절벽의 커다란 아치 사이에는 바다가 흘렀는데, 그녀는 그쪽으로 가는 계곡으로 내려갔다. 그녀는 옛날 그 장소를 찾지 못하고 좁은 길을 헤맸다.

그녀가 기다란 길을 가로질렀을 때, 그녀는 길의 맨 끄트머리에 안장이 얹힌 두 마리의 말이 나무에 매어져 있는 것을 보았다. 그녀는 곧 그 말들을 알아보았다. 그 말들은 질베르트와 줄리앙의 말이었다. 고독에 싫증을 내고 있던 터라, 그녀는 이 예기치 않은 만남이 기뻤다. 그녀는 빨리 말을 몰았다.

그녀는 긴 기다림에 익숙해진 듯 참을성 있게 기다리고 있는 두 마리의 말들이 있는 곳에 이르렀다. 그녀는 그들을 불렀지만, 아무런 대답이 없었다. 부인의 장갑 한 짝과 두 개의 채찍이 짓이겨진 잔디 위에 떨어져 있었다. 아마도 그들은 그곳에 앉아 있다가 말을 남겨 두고 멀리 간 듯했다.

그때 두 마리의 작은 새들이 내려와 앉았다. 그중 한 마리가 날개를 쳐들고 흔들면서 다른 새의 주위를 깡충거리며 뛰었다. 그리고 갑자기 머리를 까닥거리며 짹짹하고 울더니 교미를 하기 시작했다.

잔느는 마치 이런 것을 전혀 모르는 사람처럼 깜짝 놀랐다. 그녀는 생각했다.

'그래, 봄이니까.'

그때 갑자기 어떠한 생각이, 뭔가 다른 의혹이 생겨났다. 그녀는 다시 장갑과 채찍 그리고 버려져 있는 두 마리의 말을 바라보았다. 그녀는 억제할 수 없을 정도로 도망치고 싶은 충동에 사로잡혀 안장에 뛰어올랐다.

그녀는 레 퐈플로 돌아오는 길을 질주했다. 그녀의 머리는 끊임없이 움직이며, 추리하고, 사실들을 연결하고, 상황을 떠올렸다. 왜 좀 더 일찍 짐작하지 못했는가? 왜 아무것도 알지 못했는가? 줄리앙이 집을 비우기 시작한 시기와, 다시 예전처럼 멋을 부리기 시작한 시기 그리고 그의 기분이 좋아진 시기가 거의 일치한다는 것을 왜 알아채지 못했단 말인가?

잔느는 말을 진정시켜 다시 속력을 늦추었다. 신중하게 생각할 필요가 있었는데, 말의 빠른 속도가 그녀의 생각을 어지럽게 했기 때문이었다.

그녀는 아무것도 모른 체하기로 마음먹었다. 또한 일반적으로 통용되는 애정에 자신의 마음을 닫고, 오직 폴과 부모님만을 사랑하겠다고 결심했다. 다른 사람들에 대해서는 평온한 얼굴로 참고 견디면 그뿐이라고 생각한 것이다.

줄리앙은 저녁 식사를 하러 돌아왔는데, 그는 즐겁게 미소를 지으며 의도적으로 싹싹한 태도를 보였다. 그가 물었다.

"그래, 올해 아버님과 어머님은 안 오시는 거요?"

그녀는 이 친절이 너무나도 고마워서 숲에서 본 것을 거의 잊을 뻔했다. 그리고 갑자기 그녀는 폴 다음으로 가장 사랑하는 두 분을 빨리 보고 싶다는 강렬한 욕망에 사로잡혔다. 그녀는 밤을 새워 그들이 와 주길 바란다는 편지를 썼고, 부모님은 5월 20일에 오겠다는 답장을 보내왔다.

지금은 5월 7일이었다. 부모님을 기다리는 그녀의 마음엔 날로 초조함만이 더해 갔다.

그러나 이제 필요에 따라 자신의 감정을 속일 줄 알게 되었고, 입에 미소를 머금은 채 손을 내밀며 백작 부인을 맞아들이기도 했다. 하지만 인간에 대한 공허와 모멸감이 점점 더 커져서 그녀를 수렁으로 밀어넣는 것만 같았다.

부모님이 도착했을 때 그녀는 깜짝 놀라 거의 기절할 뻔했다. 남작 부인이 이 겨울 여섯 달 동안에 십 년은 더 늙어 버렸던 것이었다.

부모님을 방에 모셔다 드리고 나서, 잔느는 너무나 마음이 아파서 자기 방으로 돌아와 정신을 잃을 정도로 울었다. 그리고 아직도 눈물이 그렁그렁한 눈으로 아버지를 만나 가슴에 얼굴을 묻으며 울먹였다.

"어머니가 어쩌다가 저렇게 변하셨어요? 어머니가 왜 이리 되셨는지 말해 주세요. 왜 그렇죠?"

아버지는 매우 놀라서 대답했다.

"별말을 다 하는구나. 왜 그렇게 생각하는 거지? 그렇지 않단다. 난 네 어머니 곁을 한시도 떠난 적이 없어. 단언하지만, 네 어머니의 상태가 나쁘다고 생각지 않는다. 예전 그대로야."

일주일쯤 지나자, 잔느도 어머니의 변화된 모습에 익숙해져 더 이상 거기에 대해 생각지 않게 되었다.

며칠 후, 남작은 집을 비울 수밖에 없는 일이 생겨 집을 떠나갔다.

계절은 화창했다. 평온한 저녁이 지난 뒤에는 별이 총총한 부드러운 밤이 오고, 싱싱한 여명 뒤에는 빛나는 아침이 왔다. 어머니는 곧 건강 상태가 좋아졌다.

잔느는 어느 날 오후, 폴을 안고 들로 나갔다. 그녀는 자신의 아들과 함께 길가에 잔뜩 핀 꽃들을 번갈아 바라보면서 무한한 행복을 느꼈다.

그녀는 개울가에 앉아 어린아이를 유심히 들여다보았다. 처음 보는 아기 같았다. 이 작은 존재가 앞으로 자라나 어른이 되고, 꿋꿋한 발걸음으로 걸을 것이며, 얼굴에는 수염이 나고, 쩡쩡 울리는 큰 목소리로 이야기할 것을 생각하다 보니, 그녀는 새삼스럽게 놀라움이 느껴졌다.

그때 누군가가 그녀를 불렀다. 그녀가 머리를 들어 바라보자, 마리우스가 달려오고 있었다. 소년은 전속력으로 달려와 가까이 와서는 소리쳤다.

"아씨, 남작 부인이 위독하세요!"

잔느는 등에서 식은땀이 죽 흘러내리는 것을 느꼈다. 그녀는 정신없이 큰 걸음으로 달려갔다. 플라타너스 밑에 사람들이 많이 모여 있는 것이 멀리에서도 보였다. 그녀가 급하게 뛰어들자, 모여 있던 사람들이 길을 비켜 주었다.

유모가 잔느의 팔에서 아이를 데려갔고, 잔느는 무섭게 다그쳤다.

"무슨 일이 있었나요? 왜 쓰러지셨지요? 빨리 의사를 불러오세요."

그리고 몸을 돌리자, 어떻게 알고 왔는지 신부가 와 있었다. 그는 법의의 소맷자락을 걷어 올리고, 서둘러 온갖 방법으로 응급 처치를 한 후 말했다.

"옷을 벗기고 눕혀 드려야겠소."

소작인 조세프 쿠이야르와 시몽 영감도 루디빈느와 함께 거기에 있었기에, 그들은 피코 신부의 도움을 받아 남작 부인을 안으로 데려가려고 했다. 그러나 그녀의 몸은 뚱뚱하고 무거워서 움직이는 것이 힘들었다.

거실의 안락의자를 하나 가져와야만 했다. 그녀를 거기에 앉히고 겨우 들어 올렸다. 한 걸음 한 걸음씩 걸음을 옮겨 겨우 층계를 올라간 후, 부인을 방 안 침대에 눕혔다.

부엌 하녀가 부인의 옷을 다 벗기기도 전에 당튀 과부가 나타났다. 하인들의 말에 의하면, 그녀는 신부와 마찬가지로 죽음의 냄새를 맡고 오기라도 한 것처럼 느닷없이 들이닥쳤다고 한다. 조세프 쿠이야르는 의사를 부르기 위해 전속력으로 달려갔다.

신부가 막 성유를 가지러 가려고 하자, 간호인인 과부가 그의 귀에 대고 속삭였다.

"그대로 앉아 계십시오, 신부님. 이미 돌아가셨습니다."

잔느는 어떻게 해야 할지, 무엇을 해 봐야 할지, 어떤 약을 써야 할지 몰라 미친 사람처럼 어머니를 구할 방법을 가르쳐 달라고 애원했다.

문이 열리고 의사가 나타났을 때, 그녀는 구원과 위안과 희망이 들어오는 듯했다. 그녀는 의사에게 달려들어 이 일에 대해 자기가 알고 있는 모든 것을 더듬거리며 말했다.

"어머니는 여느 날처럼 산책을 했습니다. 건강하셨어요. 대단히 좋을 정도로……. 점심에는 수프와 계란 두 개를 잡수셨어요. …갑자기 쓰러지신 거예요. 보시다시피 이렇게 새까매지셨어요. 그러고는 더는 움직이지를 못하세요……. 깨어나시게 하려고 온갖 방법을 다 써보았습니다만……."

마침내 의사가 말했다.

"두려운 일입니다만……. 아무래도 가망이 없으신 것 같군요. 용기를 내십시오."

잔느는 두 팔을 벌리고 어머니에게 몸을 던졌다. 줄리앙이 들어와 있었다. 그는 고통스러운 비명이나 절망도 드러내지 않은 채로, 하지만 분명히 당황한 표정으로 서 있었다. 너무도 갑작스럽게 당한 일이라, 이런 경우에 어울리는 얼굴과 태도를 갑자기 만들 수가 없었던 것이다.

밤이 왔다. 신부는 잔느에게 다가가 그녀의 두 손을 잡고, 성직자로서 위안의 말을 번지르르하게 퍼부으며 그녀의 기운을 북돋워 주려 했다. 그는 고인에 대해 칭찬을 한 후 성직자의 말투로 애도를 표했으며, 유해 곁에서 기도를 올리며 밤을 보내겠노라고 제의했다. 그러나 잔느는 흐느껴 울면서 거절했다. 그녀는 이 영원한 고별의 밤을 오로지 혼자서 보내고 싶었다.

줄리앙이 다가왔다.

"그건 안 돼요. 우리 둘이 남아 있읍시다."

그녀는 더 이상 말할 기운도 없어서 '싫다'고 고갯짓을 해보였다. 그녀는 겨우 이렇게 말할 뿐이었다.

"이분은 나의 어머니예요. 내 어머니예요. 나 혼자서 어머니를 지키고 싶어요."

의사가 중얼거렸다.

"하시고 싶다는 대로 내버려둡시다. 간호인이 옆방에 남아 있을 테니까."

신부와 줄리앙은 자기들의 침대를 생각하면서 동의했다.

잔느는 문을 닫은 다음 두 개의 창을 활짝 열어젖혔다. 그녀의 얼굴로 풀을 말리는 계절에 불어오는 훈훈한 바람이 들어왔다.

그녀는 침대 곁으로 돌아와 움직이지 않는 차디찬 손 하나를 잡고 어머니를 바라보기 시작했다. 남작 부인은 이제 졸도를 했던 그 순간처럼 부어 있지도 않았고, 그 어느 때보다도 평온하게 잠든 듯했다. 바람에 흔들리는 촛불의 창백한 불꽃이 끊임없이 얼굴의 그림자를 옮겨 놓아, 마치 그녀가 살아 있는 듯이 보이게 했다.

잔느는 열심히 어머니를 바라보았다. 그러자 먼 소녀 시절의 밑바닥으로부터 수많은 추억이 밀려왔다. 그녀는 수녀원 기숙학교의 면회실로 어머니가 찾아왔던 일과, 그녀에게 과자가 가득 든 종이 봉지를 내밀던 모습, 수많은 일상적인 일들, 여러 가지 사진들, 사소한 포옹, 그리고 어머니의 말, 억양, 친근한 몸짓, 웃을 때 생기는 눈가의 주름, 자리에 앉자마자 내쉬곤 했던 숨 가빠 하는 큰 숨소리들을 떠올렸다.

이제는 어디서 휴식과 즐거움을 조금이라도 찾을 수 있을까? 어떤 다른 실재 속에서는 가능할까? 아니, 영혼이 이 세상의 고

난에서 해방되는 순간이 아니면 영원히 불가능할 것이다.

그녀의 눈길이 스핑크스의 머리가 달린 책상, 유물이 들어 있는 가구 위에서 멎었다. 그러자 어떤 정답고도 이상스러운 생각이 그녀를 사로잡았다. 이 마지막 밤샘을 하면서 마치 어떤 경건한 책을 읽는 것처럼 고인에게 소중했던 낡은 편지들을 읽어야겠다는 생각이 든 것이다. 바로 그것이 미묘하고도 성스러운 의무이자, 저승에 간 어머니를 즐겁게 해 드리는 자식으로서의 의무를 다하는 것이라는 생각이 들었다.

그녀는 일어나서 책상 서랍의 앞문을 열고, 밑의 서랍에서 가지런히 끈으로 묶여 나란히 정돈된 작은 노란 종이 꾸러미를 끄집어냈다. 그녀는 일종의 감상적인 마음으로 그것들을 모두 꺼내, 침대 위의 남작 부인 팔 사이에 놓고 읽기 시작했다.

그것은 집안의 오래된 서랍 속에서 발견되는 그런 낡은 편지들로, 다른 세기의 냄새가 나는 그런 것들이었다. 처음 편지는 '내 사랑하는 딸아'라고 시작되어 있었다. 다른 편지는 '내 귀여운 딸아'라고 되어 있었고, 그 다음에는 '내 사랑하는 꼬마야', '내 귀여운 아이', '열렬히 사랑하는 내 딸', 그 다음은 '내 사랑하는 아이', '내 사랑하는 아델라이드', '내 사랑하는 딸', 이렇게 소녀에게, 처녀에게, 나중에는 젊은 부인으로 보내는 것에 따라 다르게 시작되고 있었다. 이 모든 것들은 관계없는 사람들에게는 아주 시시하고 하찮은 것들이지만, 집안의 크고 단순한 사건들을 열정적이고 순진한 애정으로 일일이 기록했음을 알 수 있었다.

그녀는 누워 있는 시신을 바라보다가 갑자기 고인의 기분을 달래 주고 위로해 주려는 것처럼 큰 소리로 읽기 시작했다. 그러자 움직이지 않는 시신도 행복한 듯 보였다.

그녀는 침대 발치에 읽은 편지들을 하나하나 집어던졌다. 그리고 관 속에 꽃을 넣듯이 이 편지들을 넣어 드려야겠다는 생각을 했다. 그녀는 다른 꾸러미를 풀었다. 그것은 새로운 필적이었다. 그것은 이렇게 시작되었다.

'나는 이제 그대의 애무 없이는 지낼 수가 없습니다. 미칠 듯이 당신을 사랑합니다.'

그 이상은 없고, 이름도 없었다. 잔느는 납득이 되지 않아서 편지의 겉봉을 보려고 뒤집어 보았다. 수신인은 분명 '르 페르튀 데 보 남작 부인'이라고 기재되어 있었다. 그래서 그녀는 다음 것을 펴보았다.

'오늘밤, 그분이 나가시자마자 오세요. 한 시간은 함께 있

을 수 있을 겁니다. 나는 당신을 열렬히 사랑하고 있습니다.'

다른 편지에는 이렇게 쓰여 있었다.

'헛되이 당신을 갈망하면서 혼란한 하룻밤을 보냈습니다. 마음속에서 내 두 팔로 당신의 육체를 안았고, 내 입술 밑에 당신의 입술이 있었으며, 내 눈 밑에는 당신의 눈이 있었습니다. 그러나 이 시각 당신은 그 사람 곁에 잠들어 있고, 그가 마음대로 당신을 소유하고 있을 거란 생각을 하면, 내 몸을 창문 밖으로 던져 버리고 싶은 분노를 느낍니다…….'

잔느는 이해하지 못한 채 어리둥절해 했다. 이게 어찌된 일일까? 이 사랑의 말들은 누가 누구에게, 누구를 위한 누구의 것이란 말인가? 그녀는 계속 읽어 보았으나, 여전히 미칠 듯한 사랑의 고백과 신중한 충고가 곁들여진 밀회의 약속들이었다. 그런 다음 언제나 끝에는 이런 말이 쓰여 있었다.

'반드시 이 편지를 태워 버리십시오.'

끝으로 그녀가 펴 본 것은 저녁 식사 초대에 단순히 승낙한다는 평범한 짧은 편지였는데, 똑같은 필적으로 '폴 덴느마르'라고 서명되어 있었다.

남작은 아직도 그에 대해서 이야기할 때면 '불쌍한 폴'이라고 부르곤 했고, 그의 부인은 남작 부인의 가장 친한 친구였던 바로 그 사람이었다.

그러자 갑자기 잔느에게는 어떤 의혹이 스쳐갔고, 그것은 곧 확신으로 변했다. 어머니는 그 사람을 연인으로 두고 있었던 것이다.

갑자기 머릿속이 혼란스러워진 그녀는 마치 자기 몸 위로 기어오르는 독벌레를 던져 버리듯이 그 수치스러운 편지들을 발작적으로 집어던졌다. 그리고 창가로 달려가 자기도 모르게 목이 터져라 소리를 지르며 무섭게 울부짖기 시작했다.

갑자기 옆방에서 나는 발소리가 났다. 그녀는 벌떡 일어났다. 어쩌면 아버지일지도 모른다. 편지는 모두 침대와 마룻바닥 위에 흩어져 있다! 하나만 펴 보아도 충분한 것이다.

'아버지가 이것을 아시게 된다면? 그분이?'

그녀는 달려들어 노랗게 바랜 그 낡은 편지들을 한 움큼 움켜잡았다. 조부모의 것들과 연인의 것들, 그리고 아직 펴 보지 않은 것들과 책상 서랍 속에 아직도 묶인 채로 있는 것들을 벽난로 속에 무더기로 던져 버렸다. 그러고는 머리맡 탁자 위에서 타고 있던 촛불을 집어 들어 그 편지더미에 불을 붙였다. 커다란 불길이 치솟아 올라 방과 침상과 유해를 춤추는 듯한 강렬한 빛으로 비추면서, 시체의 옆모습과 시트 밑에 있는 거대한 몸의 윤곽을 침대의 백포 위에 꺼멓게 그리고 있었다.

하늘이 장밋빛으로 변했다. 사랑스럽고도 매혹적인 장밋빛이었다. 그녀는 지금 어떤 불가사의한 현상을 대하듯이 찬란한 먼동을 바라보며 생각했다.

'이처럼 먼동이 밝아 오는 이 땅에 기쁨도 행복도 없다는 것이 사실일까?'

그날 하루는 죽음에 뒤따르는 슬픈 일들 속에서 흘러갔다. 남작은 저녁때 도착했다. 그는 몹시 서럽게 울었다.

장례식은 그 다음 날 치러졌다. 잔느는 마지막으로 얼음같이 차가운 어머니의 이마에 입술을 갖다 댔다. 그녀는 마지막으로 화장을 시키고, 시신을 관 속에 넣어 못질을 하는 것을 본 후에 자리를 떴다.

조문객들이 도착했다. 질베르트가 제일 먼저 와서 흐느끼며 친구의 가슴에 몸을 던졌다. 창문으로 마차들이 철책을 돌아 빠른 걸음으로 오는 것이 보였다. 사람들의 말소리가 현관에서 울려왔다. 상복을 입은 부인들이 하나둘씩 방으로 들어왔다. 잔느가 전혀 모르는 부인들이었다.

쿠틀리에 후작 부인과 브리즈빌 자작 부인이 잔느에게 키스했다. 그녀는 갑자기 리종 이모가 소리 없이 자기 뒤에 와 있는 것을 알았다. 그녀는 이모를 와락 껴안았다. 그것은 노처녀를 거의 실신케 할 정도로 격렬한 포옹이었다.

상복을 입은 줄리앙이 우아한 모습으로 바쁜 듯이 들어왔다. 그는 사람들이 많이 몰려드는 것을 보며 몹시 흡족해 하는 것 같았다. 그는 낮은 소리로 잔느에게 상의할 것이 있다고 말했다. 그리고는 은근한 어조로 이렇게 덧붙였다.

"귀족이란 귀족은 모두 다 모였군. 볼만하겠는데."

그리고 그는 부인들에게 정중히 인사를 하면서 다시 나갔다.

장례식이 거행되는 동안 리종 이모와 질베르트 백작 부인만이 잔느 곁에 남아 있었다. 백작 부인은 쉴 새 없이 잔느에게 키스를 하면서 되풀이해서 말했다.

"가엾은 분, 가엾은 분!"

드 푸르빌르 백작은 아내를 찾으러 와서는 마치 그 자신이 어머니를 잃은 듯이 슬프게 울었다.

9

장례식이 끝나고 나서도 슬픈 나날들이 이어졌다. 정다운 사람이 영원히 사라져 버림으로써 비어 버린 것 같은 집안에는 침울한 나날이 계속되었고, 고인이 만지던 물건들을 대할 때마다 고통으로 얼룩지는 날들이 이어졌다.

그녀는 어디로든지 도망치고 싶었다. 이 집의 강박관념에서 벗어나고 싶었다. 그러나 다른 사람들 역시 여기에 남아서 고통을 느끼는 건 마찬가지였기에, 그녀는 머물러 있을 수밖에 도리가 없었다. 게다가 잔느는 자신이 발견했던 어머니의 비밀에 대한 기억에 짓눌려 있었다. 그 생각은 그녀를 억압했고, 그녀의 으깨어진 가슴은 쉽사리 치유되지 않았다. 그녀가 느끼고 있는 고독은 그 무서운 비밀로 인해서 더욱 심해져 갔다. 그녀의 마지막 신뢰가 마지막 신앙과 함께 무너져 버렸던 것이다.

아버지는 얼마 있다가 떠났다. 그는 몸을 움직이고 공기를 바꾸어서, 점점 더 빠져 들어가던 어두운 슬픔 속에서 벗어날 필요가 있었기 때문이다.

이따금 주인이 한 사람씩 사라지는 것을 보아온 그 큰 집은 다시 평온해지면서 규칙적인 생활을 되찾아가기 시작했다.

그런데 폴이 병이 들었다. 이성을 잃어버린 잔느는 자지도 않고 거의 먹지도 않았으며, 꼬박 12일을 아들의 곁에서 보냈다. 아이는 곧 나았다. 그러나 그녀는 혹시 아이도 죽을지 모른다는 생각으로 공포에 사로잡혔다. 그러면 어떻게 해야 할까? 자신은 어떻게 될까? 그러자 슬며시 아이가 하나 더 있어야겠다는 막연한 욕구가 마음속에 스며들었다. 곧 그녀는 그것을 꿈꾸게 되었고, 자기 곁에 하나는 사내아이 또 하나는 계집아이를 갖고 싶다는 오래전부터의 욕망에 완전히 사로잡혔다. 결국 그것은 강박관념이 되어 버리고 말았다.

그러나 로잘리의 사건 이후로 그녀는 줄리앙과 별거 생활을 해왔다. 그래서 지금 상태로는 거의 접근이 불가능한 것처럼 여겨질 정도였다. 게다가 줄리앙은 연애에 빠져 있었고, 그녀는 그것을 알고 있었다. 그의 애무를 다시 받아야 한다는 생각만 해도 혐오감으로 몸서리가 쳐졌다.

그러나 그녀는 참아낼 것이다. 그만큼 다시 어머니가 되겠다는 욕심이 그녀를 애타게 만들었던 것이다. 그녀는 '어떻게 키스를 다시 시작할 수 있을까' 하고 생각해 보았다. 자신의 의도를 그가 알아차리게 된다면, 그녀는 모욕감으로 죽어 버릴 것이다. 남편은 이제 자기에 대해서는 관심도 갖지 않는 것 같았다.

어머니는 돌아가셨고, 남작은 떠났다. 잔느는 이제 의논할 사람도, 마음속의 비밀을 털어놓을 사람도 없었다. 그래서 그녀는 피코 신부를 찾아가서 비밀을 지킨다는 조건으로, 그녀가 가지고 있는 어려운 계획을 말해 봐야겠다고 결심했다.

그녀가 찾아갔을 때, 신부는 과일나무가 심어져 있는 작은 정원에서 기도서를 읽고 있었다. 몇 분 동안 이 얘기 저 얘기를 하다가 그녀는 얼굴을 붉히면서 말했다.

"고해하고 싶습니다, 신부님."

신부는 어리둥절해 하며 그녀를 잘 쳐다보려고 안경을 들어 올렸다가 이내 웃어 대기 시작했다.

"그렇지만 양심에 거리낄 만한 큰 죄를 지었을 것 같지는 않군요."

그녀는 매우 당황하며 다시 말을 이었다.

"그렇지는 않아요. 그러나 조언을 청할 것이 있어서요. 그런데 그것이 너무, 너무…힘이 들어서 말씀드리는 것이 쉽지 않네요."

그녀는 마음이 몹시 흔들려 입을 다물어 버렸다. 신부는 배 위에 두 손을 깍지 낀 채 기다렸다. 그녀가 난처해하는 것을 보고 그는 용기를 북돋워 주었다.

"좋아요, 말하기 힘드신가보군요. 자, 용기를 내세요."

그녀는 위험에 뛰어드는 겁쟁이처럼 결단을 내렸다.

"신부님, 저는 아이를 하나 더 갖고 싶습니다."

신부는 무슨 말인지를 몰라서 아무 대답을 하지 않았다. 그래서 그녀는 어떻게 말해야 할지 몰라 당황해 하며 말을 이었다.

"이제 저는 세상에서 혼자입니다. 아버지와 남편은 서로 뜻이 맞지 않고, 어머니는 돌아가셨습니다. 그런데……."

그녀는 떨면서 아주 낮은 소리로 말했다.

"…저번에는 아들을 잃을 뻔했습니다! 그렇게 되면 저는 어떻게 되겠어요?"

"자, 요점을 말해 보세요."

그녀가 되풀이해서 말했다.

"저는 아이 하나를 더 갖고 싶습니다."

그러자 신부는 미소를 지었다.

"그건 오로지 부인에게 달린 문제가 아닐까요?"

그녀는 순진한 눈길로 그를 바라보았다. 그러다가 창피한 생각이 들어 더듬거리면서 중얼거렸다.

"하지만 신부님도 아시다시피, 그 하녀의 일이 있은 다음부터 우리는 완전히 별거 생활을 하고 있거든요."

그는 그녀의 고뇌에 대해 동정과 호기심이 가득한 눈길로 그녀를 바라보았다.

"네, 잘 알겠습니다. 부인의, 부인을 짓누르고 있는 그 독수공방의 쓰라림을 이해하겠습니다. 부인은 젊으시고 퍽 건강하십니다. 어쨌든 그건 자연스러운 일입니다. 너무도 자연스러운 일이지요."

"아이, 신부님! 무슨 말씀이세요? 무슨 생각을 하시는 거예요? 맹세합니다만, 맹세하지만……."

그녀는 오열로 숨이 찼다. 신부는 놀라 그녀를 달랬다.

"자, 괴롭게 해 드릴 생각은 없었습니다. 좀 농담을 한 겁니다. 정직한 사람들에게 농담은 금지된 것이 아니니까요. 어쨌든 저를 믿으세요. 저를 믿으실 수 있겠지요? 제가 줄리앙 씨를 만나보지요."

그녀는 이제 무슨 말을 해야 할지 몰랐다. 신부의 개입이 그녀에게는 뭔가 어설프고 위험하게 여겨져 거절하고 싶었으나 감히 그럴 수가 없었다.

"감사합니다, 신부님."

어느 날 저녁 식사 때였다. 줄리앙은 빈정거릴 때면 하는 버릇인, 입가에 주름을 짓는 묘한 웃음과 이상한 눈초리로 그녀를 바라보았다. 그런 그의 모습에는 느끼지 못할 정도의 교태와 비꼬는 듯한 친절조차 들어 있었다.

그 후 그들이 어머니의 큰 산책로를 거닐고 있을 때, 그는 그녀의 귀에 대고 낮은 소리로 말했다.

"우리 사이가 다시 좋아진 모양이군."

줄리앙은 말을 이었다.

"나는 더 바랄 것이 없소. 당신을 괴롭힐까 봐 늘 걱정했던 것이오."

그녀는 두 팔을 벌리고 줄리앙의 가슴에 쓰러졌다. 그녀는 울었다. 그는 놀라면서 그녀의 머리카락 사이로 그녀를 바라보았다. 자신의 가슴에 얼굴을 묻고 있는 그녀를 볼 수 없었지만, 그는 잔느가 아직도 자신을 사랑하고 있다고 생각하고는 그녀의 목덜미에 점잖게 키스를 해 주었다.

그러고 나서 그들은 한마디도 하지 않고 안으로 들어갔다. 그는 그녀의 방으로 따라 들어가 함께 그 밤을 보냈다.

이렇게 해서 그들에게 예전의 관계가 다시 시작되었다. 그는 그것을 하나의 의무처럼 이행했으나, 그렇다고 그것이 참지 못할 만큼 싫은 것은 아니었다. 하지만 그녀는 그것을 구역질나는 필요성과 고통으로 관계를 감내했으며, 다시 임신했다고 느껴지면 그때부터 영원히 관계를 그만둘 결심이었다.

그러나 얼마 안 가서 그녀는 남편의 애무가 전과는 다르다는 것을 알게 되었다. 보다 세련되었는지는 몰라도 완전하지는 못했다. 그는 그녀를 조심성 있는 연인처럼 다루었을 뿐, 마음을 놓은 태도가 아니었다. 그녀는 놀라서 그의 태도를 지켜보았다. 그러다가 이윽고 남편의 행동이 그녀가 만족을 느끼는 상태가 되기 직전에 멈춘다는 것을 알았다.

그래서 어느 날 밤, 그녀는 입술을 포갠 채로 속삭였다.

"왜 당신은 예전처럼 나에게 전부 주지 않으세요?"

그는 히죽히죽 웃으며 말했다.

"당신을 임신시키지 않기 위해서지."

그녀는 몸이 오싹해짐을 느꼈다.

"왜 더 이상 아이를 원하지 않는 거죠?"

그는 깜짝 놀란 듯 꼼짝도 않고 있다가 말했다.

"당신 머리가 돈 것 아니오? 그런 바보 같은 소리는 하지 말아요, 제발."

그녀는 입을 다물었다. 그리고 자기가 꿈꾸고 있는 행복을 얻기 위해서는 속임수를 써서라도 그것을 강요해야겠다고 결심했다.

그러자 그녀는 자신의 욕망에 점점 더 시달림을 받았다. 결국 더 이상 참을 수 없게 되자, 무슨 짓이라도 할 마음의 준비가 되었고, 모든 것을 감행해 볼 생각으로 그녀는 다시 피코 신부를 찾아갔다.

신부는 점심 식사를 거의 다 마쳐 가고 있었다. 식사를 하고 나면 심장의 고동이 빨라지기 때문에, 그의 얼굴은 몹시 빨갛게 달아올라 있었다. 그는 그녀가 들어오는 것을 보자마자, 자기의 역할이 어떠했는가를 알아보려고 소리쳤다.

"어떠세요?"

이제는 결심이 서 있었기 때문에, 정숙한 수줍음을 잊은 그녀가 즉각 대답했다.

"남편은 더 이상 어린애를 원하지 않아요."

"어째서 그렇습니까?"

이렇게 되자 단단히 마음먹은 그녀도 설명하기가 난처해졌다.

"그이가…그이가……. 그이는 내가 다시 어머니가 되는 걸 싫어 해요."

"그러면 한 가지 방법밖엔 없습니다. 그에게 부인이 임신했다고 믿게 하는 겁니다. 그러면 그는 더 이상 조심하지 않게 될 것이고, 그렇게 되면 부인은 정말로 임신하게 될 것입니다."

"그런데…그이가 제 말을 믿지 않으면요?"

"부인이 임신했다는 것을 모든 사람들에게 알리세요. 사방에다 그 사실을 퍼뜨리십시오. 그러면 마침내 그도 그걸 믿게 되고야 말 것입니다."

그러고 나서 그는 이 계략에 대해 스스로 용서하기라도 하려는 듯 이렇게 덧붙였다.

"그것은 부인의 권리입니다. 교회는 남녀의 관계를 다만 출산의 목적 안에서만 허용하고 있습니다."

그녀는 그 교묘한 충고를 따랐다. 보름 후에 그녀는 줄리앙에게 자신이 임신한 것 같다고 알렸다. 그는 펄쩍 뛰었다.

"그럴 리가 없어! 그건 사실이 아니야."

그녀는 곧 짐작이 가는 이유를 알려 주었다. 그러자 그는 이 말만 되풀이했다.

"전혀 알 수 없군. 도무지 모르겠어. 일이 어떻게 그리 되었는지! 만일 그렇다면 내 목을 베어도 좋아."

한 달 후에 그녀는 이 소식을 사방에 알렸다. 질베르트 부인에게만은 일종의 복잡하고 미묘한 수치심 때문에 알리지 않았다.

처음의 불안이 있고 난 후부터, 줄리앙은 더 이상 그녀에게 접근하지 않았다. 그는 노발대발하면서도 그 일을 운명이라고 체념하고 받아들인 듯했다. 그는 이렇게 투덜거렸다.

"바라지도 않은 녀석이 또 하나 생겼군."

그리고 그는 다시 아내의 방으로 들어오기 시작했다.

신부가 예측한 일이 완전히 이루어졌다. 그녀는 임신을 한 것이다. 그러자 그녀는 넘쳐흐르는 기쁨에 잠겨 그녀가 경배하는 신에게 감사하면서, 영원히 순결할 것을 맹세하면서 매일 저녁 자신의 방문을 굳게 닫았다.

그녀는 다시 행복해지는 것을 느꼈다. 그리고 어머니가 돌아가신 후에 자신의 고통이 이렇게 빨리 가라앉은 사실에 놀랐다.

9월 말경에 피코 신부는 아직 2주 정도밖에 입지 않은 새 법의를 입고 의례적인 방문을 했다. 그리고 그는 자신의 후임자인 톨비악 신부를 소개했다. 그는 아주 젊은 신부로, 마르고 매우 키가 작았다. 또한 과장이 심한 말투에 눈언저리가 거멓게 움푹 팬 모습이 그의 과격한 성격을 잘 나타내 주고 있었다.

늙은 신부는 고데르빌르의 승원장으로 임명되었다. 잔느는 이 출발점에서 진정으로 슬픔을 느꼈다. 이 착한 신부는 젊은 아내로서 기억될 자신의 모든 추억과 연결되어 있었다. 그는 자신을 결혼시켜 주었고, 폴에게 세례를 주었으며, 남작 부인의 장례식을 치러 주었다.

에투방을 떠올릴 적마다 그녀는 농장 마당을 따라 지나가는 피코 신부의 뚱뚱한 배를 생각하게 될 것이다. 그녀는 그의 명랑함과 순수함 때문에 그를 좋아했었다.

그는 이번 승진이 그다지 즐거운 것 같지 않았다. 그가 말했다.

"괴롭습니다. 괴로워요, 자작 부인. 제가 여기에 있은 지도 18년이 됩니다. 마을은 가난하고, 그다지 좋은 일도 없었습니다. 남자들은 신앙심이 없고, 아시다시피 여자들은 그다지 품행이 단정하지 않습니다. 계집애들은 애를 배기 전에는 성당으로 결혼하러 오는 법이 없다 보니, 이 지방에서는 오렌지 화관도 별로 값이 나가지 않습니다. 딱한 일이지요. 그러나 전 이 지방을 사랑했습니다."

신임 신부는 참을 수 없다는 몸짓을 하며 얼굴을 붉게 물들인 채 불쑥 말했다.

"제가 온 이상, 그 모든 것을 고쳐 놓고야 말겠습니다."

아주 허약하고 마른 그는 이미 낡기는 했으나 깨끗한 법의를 입고, 성을 잘 내는 어린애의 표정을 하고 있었다.

그러자 피코 신부가 그를 흘겨보며 말했다.

"여보시오, 신부. 그런 것들을 못하게 하려면 신자들을 사슬에 얽어매야 할 거요. 하지만 그래 봤자 아무 소용이 없을걸요."

그 말에 신임 신부가 단호하게 대답했다.

"두고 보시면 알 겁니다."

그러자 피코 신부는 더 이상 논쟁을 하지 않겠다는 듯이 창문을 통해 보이는 바다에 배들이 지나가는 모습을 바라보았다. 그는 기도서를 낭송하러 갔던 깔때기 모양의 작은 골짜기들을 보지 못하게 된 것을 무척 아쉬워했다. 그리고 두 신부는 작별 인사를 했다. 노신부가 잔느에게 키스를 할 때, 그녀는 하마터면 울음이 터질 뻔했다.

일주일 후에 톨비악 신부가 다시 찾아왔다. 그는 하나의 왕국을 손아귀에 쥐고 있는 군주나 할 수 있을 법한, 자신이 실행하고자 하는 개혁에 대해서 이야기했다. 그러고 나서 자작 부인에게 일요일 미사에 절대로 빠지지 말 것과 미사 때마다 성체 배분을 하도록 요청했다.

"부인과 저는 이 지방의 지도층입니다."

그가 말했다.

"우리는 이 지방을 다스려야 하고, 언제나 따라야 하는 모범을 보여 주어야 합니다. 우리가 강력해지고 존경받기 위해서는 단결하지 않으면 안 됩니다. 성당과 저택이 서로 손을 잡으면, 나머지 오두막집은 우리를 두려워하고 복종하게 될 것입니다."

잔느의 신앙은 다분히 감성적인 것이었다. 그녀는 여자들이 흔히 그렇듯이 몽상적인 신앙을 지니고 있었다. 만일 그녀가 종교적 의무를 조금이라도 수행했다면 그것은 무엇보다도 수녀원의 여학교에서 지켰던 습관에 의한 것일 뿐, 비난하기를 좋아하는 남작의 철학이 오래 전에 그녀의 신념을 뒤집어엎어 버렸던 것이다.

그러나 신임 신부는 얼마 안 있어 온 마을 사람들로부터 미움을 사게 되었다. 자기 자신에 대해서 매우 엄격한 나머지 다른 사람에 대해서도 너그럽지 못한 태도를 보였기 때문이다. 특히 그를 화나게 하고 분개시킨 것은 남녀 간의 사랑이었다. 그는 강론을 할 때마다 자신의 습관에 따라 노골적인 말로, 마을 사람들에게 성욕을 배격하라면서 비난했다. 그는 쉴 새 없이 떠오르는 환상이 머리에서 떠나지 않아 분노에 몸을 떨며 발을 굴렀다.

나이 찬 처녀 총각들은 성당 안에서도 음험한 시선을 슬그머니 주고받았다. 그리고 언제나 이런 일로 농담하기를 좋아 하는 늙은 농부들은 미사를 끝내고 돌아오는 길에, 푸른 작업복을 입은 아들과 검은 망토를 입은 부인 가운데 서서 그 작은 신부의 너그럽지 못함을 비난했다. 그리하여 마을 전체가 그 신부에 대해 떠들어 대며 술렁거렸다.

마침내 신부는 감시인이 밀렵자를 추격하듯이, 연인들의 밀회를 막기 위해 그들의 거동을 살폈다. 그는 개울가에서, 달 밝은 밤에 헛간 뒤에서, 낮은 언덕의 갈대 수풀 속에서 그들을 내쫓았다.

신부는 목요일마다 잔느네 저택에서 저녁 식사를 했다. 그리고 평일에도 종종 그의 고해자와 이야기를 나누려고 자주 들렀다. 잔느도 신부와 마찬가지로 흥분해서 정신적인 문제를 토론하곤 했다.

줄리앙은 신임 신부를 극진하게 예우했고, 이렇게 말하곤 했다.

"그 신부는 내 마음에 들어. 타협하려 들지 않거든."

그리고 그는 마음이 내키면 고해도 하고 성체도 모시면서 놀랄 만큼 모범적인 태도를 보였다.

그는 요즘 거의 매일 푸르빌르 백작 집을 방문했다. 이제는 줄리앙 없인 지낼 수 없게 된 백작과 함께 사냥을 하거나, 비가 오나 폭풍우가 치나 상관없이 백작 부인과 함께 말을 탔다. 백작은 이렇게 말하곤 했다.

"저 사람들은 말에 미쳤군. 그러나 내 아내를 위해서는 잘된 일이야."

남작은 11월 중순경에 돌아왔다. 그는 변해 있었다. 늙고 지쳐 있었으며, 마음속에 맺힌 슬픔으로 어두워 보였다. 그리고 몇 달 동안의 침울한 고독이 신뢰와 애정의 필요성을 더욱 실감한 듯 딸에 대한 사랑이 한층 더 커졌다.

잔느는 아버지에게 자신의 새로운 생각이나 톨비악 신부와의 친교, 그리고 자신의 종교적인 열정 등을 털어놓지 않았다. 그러나 남작은 신부를 처음 볼 때부터, 대뜸 참을 수 없는 적개심이 격렬하게 끓어오르는 것을 느꼈다. 그날 밤, 잔느가 남작에게 물었다.

"그분을 어떻게 생각하세요?"

그가 대답했다.

"그 사람은 종교 재판소의 판사야! 매우 위험한 사람임에 틀림없다."

그리고 나서 그의 친구인 농부들로부터 젊은 신부의 지나친 엄격성과 과격한 행위, 그리고 자연의 법칙과 선천적인 본능에 대해 그가 행한 일종의 박해에 대해 들었을 때, 그의 마음속에서 혐오의 감정이 폭발했다.

그래서 그는 이 농가에서 저 농가로 다니며, 생명의 박해자인 이 너그럽지 못한 신부에게 대항하여 격렬한 투쟁을 시작했다.

잔느는 슬픔에 잠겨 하느님께 기도하고, 아버지인 남작에게 애원했다. 그때마다 남작은 이렇게 대답했다.

"그런 인간들은 가만두면 안 된다. 그것은 우리들의 권리이면서, 동시에 의무란다. 그런 부류들은 인간도 아니야."

신부는 이렇듯 격렬한 적이 나타난 것을 알고 있었다. 하지만 저택과 부인을 자기 수하에 거느리고 싶어서 최후의 승리를 확신하면서 기회를 기다렸다.

그런데다가 확고한 한 가지 생각이 그의 머리에서 떠나지 않았다. 그는 우연히 줄리앙과 질베르트의 정사 장면을 목격하고는, 어떤 방법으로든 그들의 관계를 중단시켜야겠다고 생각했다.

어느 날 그는 잔느를 만나러 가서 비유적인 이야기를 길게 늘어놓았다. 그런 다음 그녀의 집안에 있는 악을 없애고, 위험에 처해 있는 두 영혼을 구원하려면 자기에게 적극적으로 협력해야 한다고 말했다.

그녀는 신부가 그런 말을 하는 이유가 무엇인지 구체적으로 알고 싶었으나, 신부는 이렇게 대답했다.

"아직 때가 되지 않았습니다. 가까운 시일 안에 다시 뵙겠습니다."

그러고는 불쑥 나가 버렸다.

며칠 후에 신부가 다시 찾아와, 용서받을 여지가 없는 사람들이 불의의 관계를 맺고 있다는 사실을 모호한 말로 이야기했다. 그러면서 모든 방법을 다 동원하여 그것을 막는 것은, 그러한 사실을 알고 있는 사람들이 해야 할 의무라고 말했다. 그리고 그는 골똘히 생각하더니, 잔느의 손을 잡으면서 그녀에게 사태를 파악하여 자신을 도와 달라고 간청했다.

잔느는 그것이 무슨 말인가를 알아들었지만, 이제는 겉으로나마 평온해진 자기 집에서 앞으로 일어날 수도 있는 끔찍한 일을 생각하니 공포에 사로잡혀 아무 말을 할 수가 없었다. 그래서 그녀는 신부가 무엇을 말하는지 모르는 척했다.

그러자 신부는 더 이상 망설이지 않고 분명하게 이야기했다.

"제가 수행하려고 하는 것은 고통스러운 의무입니다. 자작부인, 그러나 어찌 할 수가 없습니다. 제가 알고 있는 일을 부인에게 알려 드려야 하는 것이 저의 임무이니까요. 그래서 말씀드립니다만, 부인의 남편과 드 푸르빌르 백작 부인은 부정한 관계를 지속적으로 맺고 있습니다."

그녀는 체념하듯 힘없이 고개를 떨어뜨렸다. 신부가 다시 말을 이었다.

"이제 어떻게 하실 생각입니까?"

그러자 그녀가 더듬거리며 말했다.

"제가 어떻게 했으면 좋겠습니까, 신부님?"

신부가 격렬한 어투로 대답했다.

"그런 비열한 짓을 허용하기보다 차라리 무슨 짓이라도 하십시오. 무슨 짓이라도! 남편과 헤어지란 말입니다. 이 더러운 집에서 뛰쳐나가세요."

그녀가 말했다.

"하지만 제겐 돈이 없어요, 신부님. 게다가 이제는 용기도 없고요. 그리고 증거도 못 잡았는데 어떻게 나갑니까? 제겐 그런 권리조차 없는걸요."

신부는 몸을 떨면서 일어섰다.

"부인, 당신은 매우 비겁한 분이군요. 나는 부인을 그렇게 생각하지 않았습니다. 부인은 신의 은총을 받을 자격이 없습니다!"

그녀는 무릎을 꿇고 소리쳤다.

"아아! 제발 부탁입니다. 저를 버리지 말아주세요. 제게 조언을 해 주세요!"

신부는 퉁명스러운 목소리로 말했다.

"드 푸르빌르 백작에게 알리십시오. 이 관계를 끊게 하는 것은 그분의 일입니다."

그 생각을 하니 갑작스러운 공포가 그녀를 사로잡았다.

"그러면 그분은 그들을 죽일 거예요, 신부님! 그리고 저는 밀고죄를 범하게 되는 거예요! 아아! 그럴 수는 없어요, 절대로!"

그러자 그는 분노가 치밀어 오르는지, 이렇게 말했다.

"부인, 난 더 이상 드릴 말씀이 없습니다."

잔느는 애원하듯 말했다.

"저에게 며칠만 여유를 주세요, 신부님. 그리고 저택으로 다시 와 주세요. 제가 할 수 있는 것과 준비해야 할 것을 말씀드리겠어요. 그런 다음 같이 의논해 주세요."

그러나 신부는 다시 오지 않았다. 그러나 그는 다음 일요일에 제대 위에서 저택을 향해 저주와 욕설을 퍼부으며 협박의 말을 던졌고, 그 상처에는 뻘겋게 단 쇠를 갖다 대야 한다고 말했다. 또 그는 남작을 파문해 버리겠노라고 했으나, 남작은 오히려 비웃을 뿐이었다.

그리고 신부는 조심스럽고 은근하게, 최근에 줄리앙이 부정한 정사를 저질렀음을 암시하는 말을 했다. 자작은 격분했으나, 무서운 추문이 두려워 그저 분노를 가라앉힐 수밖에 없었다.

그 후, 신부는 흥분한 모습으로 걸음을 재촉하면서 고독한 긴 산책을 자주 하곤 했다.

질베르트와 줄리앙은 승마 산책을 하면서 그를 발견하기도 했다. 어느 때는 벌판의 끝이나 절벽 가장자리에서 검은 점처럼 멀리 보일 때도 있었고, 또 어느 때는 그들이 들어가려고 하는 좁은 골짜기에서 기도서를 읽고 있을 때도 있었다. 그러면 그들은 그의 곁을 지나가지 않으려고 말고삐를 돌리곤 했다.

봄이 왔다. 그들의 사랑은 더욱 활기를 띠었고, 달리다가 으슥한 곳이 있으면 날마다 서로를 껴안았다. 아직은 나뭇잎들이 성기고 풀밭이 축축했기 때문에, 한여름처럼 덤불숲 속으로 깊이 들어갈 수가 없었다. 그래서 그들은 자신들의 밀회를 감추기 위한 장소로 지난 가을부터 보코트 언덕 꼭대기에 버려진 채로 있는 목동의 이동식 오두막집을 이용했다.

그러던 어느 날이었다. 그들이 은신처에서 나오는 순간, 언덕의 갈대 속에 거의 숨다시피 앉아 있는 톨비악 신부를 보았다.

"말들을 협곡 속에 매어 놓아야겠군요. 멀리서도 우리가 여기에 있는 것을 알 수 있겠어요."

줄리앙이 말했다. 그래서 그들은 덤불이 가득한 골짜기의 숨은 부분에 말을 매어 두는 습관을 들였다.

어느 날 저녁, 두 사람은 백작과 함께 저녁 식사를 하게 되어 있는 라 브리에트로 들어가다가 저택에서 나오는 톨비악 신부와 마주쳤다.

신부는 그들을 지나가게 하려고 옆으로 비켜서서 인사를 했으나, 그들은 그의 눈길을 피했다. 순간, 두 사람은 불안에 사로잡혔으나 곧 사라졌다.

바람이 몹시 부는 어느 오후, (그때가 5월 초순이었다) 잔느는 난롯가에서 책을 읽고 있다가 갑자기 드 푸르빌르 백작이 걸어오는 것을 보았다. 너무도 빠른 걸음에 그녀는 어떤 불행한 일이 생겼음을 느꼈다. 그녀는 그를 맞이하기 위해 아래층으로 급히 내려갔다.

그녀와 마주한 백작은 거의 미친 듯이 보였다. 그는 집에서만 쓰던 커다란 털모자를 쓰고, 사냥복을 입고 있었다. 그리고 평소에는 불그레했던 안색이 너무도 창백해져서, 조금도 어울리지 않는 그 붉은 수염이 마치 불꽃처럼 보일 정도였다. 그의 눈엔 핏발이 서 있었고, 얼이 빠진 듯 내내 두리번거렸다. 그가 더듬거리며 말했다.

"내 아내가 여기에 있지요?"

잔느는 머리가 혼란스러워져서 대답했다.

"아, 아뇨. 오늘은 전혀 뵙지 못했는걸요."

그러자 그는 마치 다리가 부러진 듯이 주저앉더니, 모자를 벗고는 손수건을 들고 기계적인 동작으로 몇 번이나 이마를 닦았다. 그리고 갑자기 벌떡 일어서더니 잔느에게로 다가와 자신의 무서운 고통을 털어놓으려는 듯이 두 손을 내밀며 입을 열었다. 그러다가 멈칫하면서 그녀를 뚫어지게 바라보더니 정신이 나간 듯이 중얼거렸다.

"하지만 댁의 남편이니…당신 역시……."

그리고 그는 밖으로 달려 나갔다. 잔느는 그를 말리려고 그의 이름을 부르면서 쫓아 나갔다. 그녀의 가슴은 공포에 사로잡혔다.

'그는 모든 것을 알고 있다! 무슨 짓을 하려는 것일까? 아아! 그들을 발견하지 못하면 좋으련만!'

그러나 그녀는 그를 따라갈 수가 없었다. 그는 그녀의 말을 듣지도 않았다. 그는 자신이 가야 할 방향에 대해 확신을 가진 듯 주저하는 빛도 없이 곧장 앞으로 갔다.

백작은 오른쪽으로 접어들어 뛰기 시작했다. 바다에는 높은 물결이 일었다. 시커먼 큰 구름들은 미친 듯이 빨리 스쳐 지나갔고, 그 자리엔 다른 구름들이 몰려왔다.

사나운 돌풍이 계속해서 일어나 백작의 얼굴을 후려쳤고, 빗방울이 뺨과 수염을 적셔 흘렀으며, 요란한 빗소리에 귀가 먹먹해졌다. 가슴에서는 분노가 끓어올랐다.

백작의 눈앞에 보코트의 골짜기가 깊은 목구멍을 벌리고 있었다. 거기엔 양이 한 마리도 없는 목장과 오두막집이 한 채 있을 뿐 아무것도 없었다. 두 마리의 말이 이동식 집의 몸채에 매여 있었다.

— 이런 폭풍우 치는 날씨에 무엇을 두려워하겠는가?

말들을 알아보자마자 백작은 땅에 엎드려 손과 무릎으로 기어갔다. 그는 외딴 오두막집이 있는 데까지 기어가서 들키지 않으려고 널빤지의 틈새 밑에 숨었다.

꽤 긴 시간이 흘렀다. 그러다가 갑자기 머리끝에서부터 발끝까지 진흙투성이가 된 몸을 일으켰다. 그는 미친 듯한 몸짓으로 밖에서 걸어 잠기도록 되어 있는 빗장을 지른 다음, 집의 몸체를 잡고서 박살을 낼 것처럼 오두막집을 흔들어댔다. 그러다가 갑자기 커다란 몸을 구부려 있는 힘을 다해 오두막집을 둘러메더니, 소처럼 헐떡이면서 끌어당겼다.

그는 이동식 오두막과 그 속에 갇혀 있는 사람들을 경사진 절벽 쪽으로 끌고 갔다. 안에 있는 사람들은 무슨 일이 일어났는지도 모르고 주먹으로 벽을 두드리면서 소릴 질렀다.

내리막길 위에 오자 백작은 그 가벼운 집을 놓아 버렸고, 집은 기울어진 비탈에서 굴러떨어지기 시작했다.

개울 속에 몸을 웅크리고 있던 한 늙은 거지가 자기 머리 위로 오두막집이 단숨에 굴러떨어지는 것을 보았고, 또한 그 큰 나무 상자 속에서 새어 나오는 무서운 비명 소리를 들었다.

오두막집은 충격으로 바퀴 하나를 잃어버리고 옆으로 쓰러졌다가, 이번에는 공이 구르는 것처럼 굴러 내려가기 시작했다. 그러다가 골짜기의 마지막 가장자리에 와서는 곡선을 그리며 튀어오르더니 밑바닥으로 떨어져 달걀처럼 터져 버려 산산조각이 났다.

늙은 거지는 시골뜨기의 조심성으로 터져 버린 그 상자에 감히 가까이 가지는 못 하고, 사건을 알리러 근처 농가가 있는 데까지 달려갔다.

사람들이 달려와서 파편을 들어 올리자, 두 구의 시체가 눈에 띄었다. 그들은 타박상을 입고 짓이겨져 피투성이가 되어 있었다. 남자는 이마가 뚫리고 온 얼굴이 으깨어져 있었으며, 여자의 턱뼈는 충격으로 빠져나와 늘어져 있었다. 그리고 그들의 부러진 팔다리는 마치 살 속에 뼈가 없는 것처럼 흐느적거렸다. 그러나 그들이 누구인지는 알아볼 수 있었다. 사람들은 이 불행의 원인에 대해서 한참 동안 추론하며 떠들어 댔다.

백작은 오두막집이 급한 경사 위에서 굴러떨어지는 것을 보고는, 비와 광풍 속을 뚫고 전속력으로 도망쳤다. 그리고 어떻게 왔는지도 모르게 해질 무렵에 집으로 돌아왔다.

그를 기다리고 있던 하인들이 그를 보고 놀라며, 두 마리의 말이 주인도 없이 방금 돌아왔다면서 줄리앙의 말은 다른 말을 따라온 것이라고 알렸다. 그러자 드 푸르빌르 백작은 비틀거리면서 떠듬거리는 목소리로 대꾸했다.

"이런 험한 날씨에 그 사람들에게 무슨 사고가 일어났을지도 몰라. 모두들 찾아보도록 해."

얼마 있다 이상한 것을 실은 한 대의 마차가 저택 앞에서 멈추더니 안으로 들어왔다.

"어떻게 됐지?"

사내가 바로 대답을 못하자, 드 푸르빌르 백작은 거의 울부짖는 듯한 음성으로 물었다.

"죽었단 말인가?"

하인이 더듬거리며 대답했다.

"네, 백작님."

그는 엄청난 안도를 느꼈다. 갑작스러운 평온이 그의 피와 떨리는 근육 속으로 스며들어 왔다. 그리하여 그는 씩씩한 걸음으로 큰 층계의 계단을 올라갔다.

또 하나의 마차는 레 푀플에 닿았다. 잔느는 멀리에서 마차를 보았다. 그녀는 그 위에 시체가 누워 있으리라는 것을 알았고, 모든 것을 깨달았다.

너무도 격렬한 감정에 그녀는 의식을 잃고 쓰러졌다. 그녀가 의식을 회복했을 때는 아버지가 그녀의 머리를 잡고 식초로 관자놀이를 적셔 주고 있었다. 남작이 망설이는 목소리로 물었다.

"너… 알고 있었니?"

그녀가 중얼거리듯이 대답했다.

"네, 아버지."

그녀는 몸을 일으키려고 했으나 그럴 수가 없었다. 그만큼 그녀가 받은 충격이 컸던 것이다. 그날 밤 그녀는 사산을 했다. 계집애였다.

그녀는 줄리앙의 장례식을 전혀 보지 못했다. 그래서 아무것도 몰랐다. 그녀는 다만 하루인가 이틀 후에 리종 이모가 와 있는 것을 알았을 뿐이었다.

10

잔느는 석 달 동안이나 자기 방에 틀어박혀 있었다. 너무나 허약해져서 회복할 가망이 없다고 생각될 정도였다. 그러나 그녀는 차츰 생기가 되살아났다. 아버지와 리종 이모 두 사람은 모두레 퓌플에 자리를 잡고 그녀의 곁을 떠나지 않았다. 잔느는 이 충격으로 신경 질환을 얻게 되었다. 아주 작은 소리에도 정신을 잃었고, 대수롭지 않은 일에도 오랫동안 기절해 있곤 했다.

그녀는 한 번도 줄리앙의 죽음에 대해 자세히 묻지 않았다. 무엇이 그녀에게 중요하단 말인가? 그녀는 그것에 대해 충분히 알고 있지 않은가? 사람들은 모두 돌발 사고라고 생각했지만, 그녀는 그렇게 생각하지 않았다. 그녀는 자신을 몹시 괴롭히는 그 비밀을 가슴속 깊이 지니고 있었다. 그건 그의 부정에 대해 알고 있었다는 것과, 그 큰 불행이 있던 날 무서운 모습으로 돌연히 나타난 백작의 모습이었다.

그러나 지금 그녀의 마음은 감동적이고 달콤하고 애수가 가득했던 추억과, 예전에 남편이 주었던 짧은 사랑의 기쁨에 잠겨 있었다. 그녀는 뜻밖의 기억이 되살아날 적마다 몸을 떨었다. 그녀는 약혼 시절의 남편과, 코르시카의 작열하는 태양 아래서 피어났던 오직 한때의 정열로 사랑했던 그의 모습을 다시 떠올리는 것이었다.

그의 모든 결점은 누그러져 갔고, 잔인성도 사라졌다. 그리고 그의 부정도 닫힌 무덤으로부터 점점 더해 가는 소원함 속에서 이제는 희미해져 갔다. 잔느는 자신을 품에 안아 주던 그 남자에 대해, 죽은 후에 느끼는 막연한 감사의 마음에 잠긴 채 행복했던 순간만을 생각하며 지난 고통을 용서해 주었다.

그러면서도 시간은 여전히 흘러갔고, 한 달, 한 달, 두 달씩 지나감에 따라 먼지가 쌓이는 것처럼 모든 기억과 고통은 망각으로 덮여 갔다.

별다른 사건 없이 오로지 아이에 대한 관심 속에서 2년이란 평온한 세월이 흘렀다.

그리고 단조롭고 즐거운 생활이 시작되었다. 언제나 이 꼬마와 함께 어떤 때는 아이의 방에서, 어느 때는 큰 객실에서, 어떤 때는 정원에서 그 애가 더듬거리며 하는 말과 우스운 표현 그리고 몸짓 하나 하나에 경탄해 마지않으면서 즐거워했다.

아이의 어머니는 귀엽다고 아이를 '폴레'라는 아명으로 불렀다. 아이는 이 말을 바르게 발음하지 못해 풀레(병아리)라고 발음하여 한껏 웃음을 자아내게 하기도 했다. 그래서 그는 풀레라는 별명으로 불리게 되었다.

잔느는 백작 부인과 줄리앙이 끔찍하게 죽은 후로 신부에 대해 의혹을 품게 되었다. 그래서 그녀는 그러한 대리자를 보낸 신에게 화를 내며 성당에도 나가지 않았다.

신부는 잔느를 우연히 만났을 때도 아는 척을 하지 않았다. 이러한 상태는 리종 이모를 불안하게 하고 슬픔에 잠기게 했다. 그녀는 성당에 나가지 않는 것을 이해할 수가 없었다. 물론 그녀는 독실한 신자였고, 고해도 했으며, 성체도 모셨다. 그러나 아무도 그것을 알지 못했고, 알려고도 하지 않았다.

어린아이는 열 살이 되었다. 그의 어머니는 마흔 살쯤 되어 보였다. 아이는 튼튼하고, 장난꾸러기이고, 나무에 기어오를 만큼 대담했으나 별로 재능이 뛰어난 편은 아니었다. 학과 공부는 싫증이 나면 곧 중단해 버렸다. 게다가 남작이 책 앞에 좀 더 오래 붙들어 놓으려고 할 때마다 잔느는 얼른 와서 이렇게 말하곤 했다.

"이제는 그만하고 놀게 하세요. 지치게 해서는 안 돼요. 아직 어리잖아요."

그녀에게 있어서 그 아이는 언제나 여섯 달이나 한 살 정도로밖에 보이지 않았던 것이다. 아이가 어른처럼 걷고, 뛰고, 말하고 하는 것도 거의 알아차리지 못하는 것 같았다.

아이가 열두 살이 되었을 때 곤란한 문제가 생겼다. 그것은 첫 영성체의 문제였다. 리종 이모가 어느 날 어린아이에게 종교 교육을 시키지 않고, 또 첫 의무를 수행시키지 않은 상태에서 그냥 놔둘 수는 없다고 잔느에게 지적했다.

잔느는 혼란에 빠져 결정을 내리지 못하고, 조금 더 기다려보자고만 말했다.

그러나 한 달 후에 그녀가 브리즈빌 자작 부인을 방문했을 때, 그 부인이 뜻밖에 이렇게 묻는 것이었다.

"아마 올해가 댁의 폴이 첫 영성체를 하는 해지요?"

잔느는 갑작스런 물음에 당황하여 겨우 대답했다.

"네, 부인."

이 간단한 말이 그녀의 마음을 정하게 했다.

그러나 남작은 올바른 사람이 되기 위해서 그런 어리석은 짓이나 그런 유치한 화체(化體)의 상징을 믿을 필요가 없다고 단언했다. 그리고 그는 그 아이에게 천주교 신자로서의 교육은 시키겠지만, 종교상의 의무를 지키는 것으로써가 아니라 성년이 되었을 때 자유롭게 선택할 수 있도록 그냥 두기로 했다.

잔느는 얼마 후에 브리즈빌 집을 방문했으나 답례를 받지 못했다. 이웃 사람들의 세심한 예절을 알고 있었던 잔느는 무척 놀랐다.

잔느가 쿠틀리에 후작의 집을 방문하자, 부인은 몇 마디 쌀쌀한 말을 하고 나서 냉담한 목소리로 덧붙였다.

"사회란 두 계급으로 구분됩니다. 신을 믿는 사람들과 믿지 않는 사람들. 믿는 사람들은 아주 비천한 사람들일지라도 우리의 친구요, 우리와 대등한 사람들이지요. 그러나 그렇지 않은 사람들은 우리와 아무 관련이 없습니다."

잔느는 공격 받는 것 같아서 즉각 응수했다.

"하지만 성당에 자주 나가지 않고 신을 믿을 수는 없는 것일까요?"

후작 부인이 대답했다.

"그래요, 부인. 신자들은, 사람들을 그의 집으로 찾아가듯이 신에게 기도하러 성당에 가는 겁니다."

마음이 상한 잔느가 말을 이었다.

"신은 어디에나 계십니다, 부인. 저는 마음 깊이 그의 어지심을 믿고 있지만, 어떤 신부가 저와 신 사이에 있을 때는 그분이 존재하신다는 것이 느껴지지 않습니다."

후작 부인이 일어섰다.

"신부는 성당의 깃발을 들고 있어요, 부인. 그 깃발을 따르지 않는 자는 누구나 그의 반대자이자, 우리의 반대자인 겁니다."

이번에는 잔느가 몸을 떨면서 일어섰다.

"당신은 어느 한 종파(宗派)의 신을 믿고 계시는군요, 부인. 저는 정직한 사람들의 신을 믿고 있습니다."

그녀는 인사를 하고 나왔다. 농부들 역시 풀레에게 첫 영성체를 시키지 않은 그녀를 자기들끼리 비난했다.

풀레는 자라서 열다섯 살이 되었다.

어느 날 밤 남작이 중학교에 대해 이야기하기 시작하자, 잔느는 금방 흐느끼기 시작했다.

그러자 남작이 확고한 음성으로 말했다.

"잔느, 이 아이의 인생을 마음대로 처리할 권리가 너에게 없다. 네가 하려는 것은 비겁한 일이야. 아니, 거의 죄가 되는 일이다. 넌 자신의 행복을 위해서 자식을 희생시키려 하고 있어."

그녀는 두 손으로 얼굴을 가리고 숨 가쁘게 흐느껴 울면서, 눈물 속에서 이렇게 더듬거리며 말했다.

"전 너무도 불행했었어요, 너무도 불행했었는걸요……. 이제야 겨우 평온하게 지낼 만하니까 아이까지 빼앗아 가는군요. 이제 저는 어떻게 해요? 혼자서……."

남작은 자리에서 일어나 딸의 곁으로 가서 앉으며, 두 팔로 그녀를 안았다.

"그럼 나는 어떻겠니, 잔느?"

그녀는 아버지의 목을 끌어안고 흐느껴 울었다.

신학기가 시작되는 때에, 이 아이를 르 아브르에 있는 중학교에 넣기로 결정이 났다. 그래서 여름 내내, 아이는 전보다 더 귀여움을 받았다. 그의 어머니는 이별할 생각이 떠오를 때마다 자주 한숨을 쉬었다. 그녀는 십 년의 여행을 계획하는 것처럼 아이의 행장을 준비했다.

그리하여 10월의 어느 날 아침, 전날 밤을 꼬박 새운 두 여자와 남작은 아이와 함께 마차에 올랐다. 두 마리 말이 끄는 마차는 빠르게 달렸다.

먼젓번 여행에서, 기숙사의 공동 침실의 자리와 교실에서의 자리는 벌써 정해 놓았었다. 잔느는 리종 이모의 도움을 받아 작은 옷장에다 옷가지를 정돈하느라 온종일을 보냈다.

그 후 그들은 천천히 학교를 향해 걷기 시작했다. 키가 들쭉날쭉한 아이들이 가족이나 하인들에게 이끌려서 사방에서 모여들었다. 많은 아이들이 울고 있었다. 희미하게 불이 밝혀진 커다란 교정 여기저기에서 우는 소리가 들렸다.

잔느와 폴레는 오랫동안 서로 껴안고 있었다. 리종 이모는 사람들에게서 잊혀진 채, 손수건으로 얼굴을 가리고 뒤에 서 있었다. 눈시울이 뜨거워진 남작은 딸을 끌어당기면서 작별을 단축시켰다. 마차는 문 앞에서 기다리고 있었다. 세 사람은 안에 올라타고 밤에 레 푀플을 향해 출발했다.

그 후 잔느는 이틀마다 다시 학교에 왔고, 일요일에는 외출을 시키려고 왔다. 그녀는 수업을 받는 동안엔 무엇을 해야 할지 몰라 서성거렸고, 학교를 떠날 기력도 용기도 없었기 때문에 쉬는 시간 사이사이엔 면회실에 그대로 앉아 있었다.

교장은 그녀를 자기 방으로 올라가자고 청하더니, 그녀에게 앞으로는 이렇게 자주 오지 말라고 경고했다.

그녀는 자식보다도 더 불안스럽게 매번의 휴일을 기다렸다. 끊임없는 불안이 그녀의 영혼을 뒤흔들었다.

아들을 다시 만날 적마다 그녀는 그들이 10년은 떨어져 있었던 것 같았다. 그는 다달이 어른이 되어 가고, 그녀는 다달이 할머니가 되어 갔다. 아버지는 그녀의 오빠처럼 보였고, 리종 이모는 스물다섯 살 적부터 시들어진 채로 조금도 늙지를 않아 언니처럼 보였다.

풀레는 그다지 공부를 잘하지 못했다. 4학년 때는 낙제를 했다. 3학년은 그럭저럭 지나갔으나, 4학년에서는 다시 시작해야만 했다. 그래서 그는 스무 살이 되어서야 수사학(修辭學)을 배우게 되었다.

그는 키가 큰 금발의 청년이 되었고, 벌써 무성하게 난 구레나룻에다 코밑에도 털이 돋아나기 시작했다. 이제는 그가 일요일마다 레 푀플로 왔다. 그는 오래 전부터 마술(馬術)에 대한 강의를 받았기 때문에, 간단하게 말 한 필을 빌려 두 시간 만에 쾌속으로 달려오는 것이었다.

폴은 자기 어머니보다 머리 하나는 더 컸지만, 그녀는 언제나 그를 어린애처럼 취급하며 아직도 이렇게 묻곤 했다.

"발이 시리지 않니, 풀레?"

어느 토요일 아침, 그녀는 폴의 편지를 받았다. 그것은 친구들이 주최한 오락 파티에 초대받았기 때문에 다음 날 그가 올 수 없다는 것을 알리는 것이었다. 그녀는 어떤 불행의 위협을 받기라도 한 것처럼 일요일 내내 불안에 싸여 있었다. 목요일이 되자 그녀는 더 이상 참지 못하고 르 아브르로 떠났다.

꼬집어 말할 수는 없었지만, 아들은 변한 듯했다. 행동은 활기가 넘쳤고, 더욱 사내다운 목소리로 이야기했다. 그리고 그는 갑자기 아주 당연하단 듯이 어머니에게 말했다.

"저, 엄마. 엄마가 오늘 오셨으니까 오는 일요일에는 레 퓌플에 가지 않겠어요. 축제가 또 시작되거든요."

그녀는 마치 그가 신세계로 떠난다고 알리기라도 한 것처럼 생각되어, 목이 메어 말이 나오지 않았다.

그 후 석 달 동안 폴은 이따금씩 가족을 보러 왔다. 그러면서도 될 수 있는 한 빨리 떠나려는 마음이 늘 머리에서 떠나지 않았고, 저녁때가 되면 한 시간이라도 빨리 떠나려고 기를 썼다. 잔느는 그러한 모습에 낙담했고, 남작은 쉴 새 없이 그녀를 위로했다.

"그 애에게 맡겨 두려무나. 이제 그 아이는 스무 살이야."

그러던 어느 날 아침, 아주 초라한 행색의 노인이 독일식 프랑스어로 자작 부인에게 뵙기를 청했다. 의례적인 인사를 길게 늘어놓은 다음, 그는 주머니에서 때 묻은 지갑을 꺼내더니 이렇게 말하는 것이었다.

"부인께 보여 드릴 서류를 가져왔습니다."

그는 기름때가 묻은 서류 조각을 펴서 내밀었다. 그녀는 읽고 또 읽고, 유태인을 쳐다보고 나서 다시 또 읽은 후에 물었다.

"이것이 무엇을 의미하는 거죠?"

그 남자는 지나칠 정도로 공손하게 설명했다.

"말씀드리지요. 댁의 아드님께서 돈이 좀 필요하시다기에, 마님이 좋은 어머니라는 것을 제가 알고 있으므로 얼마 안 되는 돈을 그분께 빌려드렸지요."

그녀는 몸을 떨었다.

"그런데 어째서 내게 직접 요구하지 않았을까요?"

유태인은 그것은 다음 날 오전 중에 갚아야 할 노름빚이었다고 했다.

잔느는 초인종을 누른 다음 남작을 기다렸다. 남작은 들어오자마자 얼른 상황을 알아차렸다. 어음은 1천 4백 프랑이었다. 그는 천 프랑을 지불하고 나서, 그에게 단호하게 말했다.

"두 번 다시 오지 마시오!"

그 사람은 고맙다는 인사를 하고 가 버렸다.

할아버지와 어머니는 곧장 르 아브르로 출발했다. 그러나 학교에 도착해 보니, 폴이 한 달 전부터 학교에 나오지 않는다는 것이었다. 교장은 잔느의 서명이 있는 네 통의 편지를 받아 놓고 있었다. 그것은 폴의 몸이 불편하다는 것을 알리기 위한 것과 그 후의 소식을 알리기 위한 것이었다. 편지마다 의사의 진

단서가 첨부되어 있었으나, 그것은 물론 전부 가짜였다. 그들은 깜짝 놀라 서로를 쳐다보면서 그대로 그 자리에 서 있었다. 딱하게 여긴 교장이 그들을 경찰서로 안내해 줬다.

두 사람은 호텔에서 묵었다. 이튿날 폴은 그 도시의 어떤 창녀 집에서 발견되었다. 할아버지와 어머니는 그를 레 푀플로 데리고 오며 한마디도 나누지 않았다. 잔느는 손수건으로 얼굴을 가리며 울고 있었고, 폴은 태연한 표정으로 들판을 바라보고 있었다.

그들이 새롭게 알게 된 것은, 그가 지난 3개월 동안에 1만 1천 프랑의 빚을 졌다는 것이었다. 채권자들은 머지않아 그가 성년이 된다는 것을 알고 아직 모습을 나타내지 않고 있었다. 잔느는 어떠한 변명도 들어 보려 하지 않았다. 다정하게 대해 주어 그를 다시 찾고 싶었던 것이다. 그에게 맛있는 음식을 먹게 했고, 그를 귀여워해 주었으며, 비위를 맞춰 주었다.

어느 날, 밤이 늦도록 폴이 돌아오지 않았다. 그들은 그가 두 명의 선원과 함께 배를 타고 나갔다는 것을 알았다. 제정신이 아닌 어머니는 모자도 쓰지 않은 채 밤중에 이포르까지 내려갔다. 몇 사람이 해변에서 소형 보트가 들어오기를 기다리고 있었다. 작은 불빛이 난바다에 나타났다. 곧 배가 흔들거리면서 가까이 다가왔다.

폴은 뱃전에 있지 않았다. 그는 르 아브르에 자기를 데리고 가 달라고 했던 것이다. 경찰이 아무리 수색해도 그를 찾을 수가 없었다. 처음에 그를 숨겨 주었던 매춘부 역시 가구를 다 팔아 버리고 집세까지 다 치른 채 자취도 없이 사라져 버렸다. 레 퓌플에 있는 폴의 방에서 그를 미치게 사랑하는 듯한 여자의 편지가 두 통이나 발견되었다. 필요한 돈을 준비했으니, 영국으로 여행을 가자는 내용이었다.

저택의 세 사람은 정신적인 고통으로 인한 음침한 지옥 속에서 말없이 침울하게 생활하고 있었다. 잿빛이었던 잔느의 머리는 이미 백발이 되었다. 그녀는 어째서 운명이 자기에게 이다지도 가혹한지를 진지하게 생각해 보았다.

그런 고통 속에서 이틀 후에 아들의 편지를 받았다.

사랑하는 어머니, 염려하지 마세요. 저는 런던에 몸 성히 있습니다. 그러나 돈이 많이 필요합니다. 우리는 이제 동전 한 푼 없어서 매일 굶고 있습니다. 저와 동행한 여자, 제가 열렬히 사랑하고 있는 여자는 저와 헤어지지 않으려고 가지고 있던 돈을 모두 써 버렸습니다. 5천 프랑이에요. 저는 우선 이 금액을 제 명예를 걸고 그녀에게 갚아야 함을 이해해 주세요.

제가 머지않아 성년이 되니까 아버지의 유산 가운데서 1만 5천 프랑을 제게 미리 주시면 고맙겠습니다. 그러면 곤경에서 벗어날 수가 있겠어요. 안녕히 계세요.

사랑하는 어머니. 할아버지와 리종 이모할머니께도 마음으로부터 키스를 보냅니다. 곧 다시 뵙게 되기를 바랍니다.

어머니의 아들, 자작 폴 드 라마르

그 애가 자기에게 편지를 썼다! 그러면 그는 자기를 잊지 않고 있다는 얘기다. 그가 돈을 요구한 것은 조금도 생각지 않았다. 그가 이제 더 이상 가진 것이 없다고 하니 보내 주어야 할 것이다. 돈은 상관없다!

그들은 1만 5천 프랑을 보냈다. 하지만 그 후 다섯 달 동안 더 이상 소식이 오지 않았다. 그러던 중 대리인이 줄리앙의 상속재산 명세를 정리하기 위해 왔다. 잔느와 남작은 줄리앙의 유산과 어머니가 갖는 용익권(用益權)조차 포기하고 이의 없이 대리인에게 넘겨주었다. 그리고 대리인이 파리로 돌아가자, 폴은 12만 프랑을 받았다.

그는 여섯 달 동안 네 통의 편지를 보내왔다. 그것은 간결한 문체로 그의 근황을 알리는 것이었고, 형식적인 애정의 글귀로 끝을 맺고 있었다.

저는 일을 하고 있습니다. 증권거래소에서 일자리를 얻었습니다.

곧 레 퐈플로 가서 사랑하는 가족들에게 키스하게 되기를 바랍니다.

그는 단언하고 있었던 것이다. 그는 자기의 정부에 대해서는 한마디도 하지 않았다. 그 침묵이 그 여자에 대해 네 페이지에 걸쳐서 말하는 것보다 더한 의미를 담고 있다고 생각되었다.

잔느는 이 차디찬 편지 속에서, 그 여자가 집요하게 숨어 있음을 느꼈다. 식구들의 영원한 적인 그 계집애를 눈앞에서 보는 것만 같았다.

그러다가 어느 날 아침, 절망적인 한 통의 편지가 그들을 무서움에 떨게 했다.

사랑하는 어머니, 저는 파멸을 눈앞에 두고 있습니다. 만일 어머니가 저를 구제하러 오시지 않는다면, 권총으로 머리를 쏘아 자살하는 수밖에는 없습니다. 저로서는 성공의 기회처럼 보였던 투기에 실패했습니다. 그래서 8만 5천 프랑의 빚을 지고 있습니다.

제가 만일 지불하지 못하면, 그건 저에게 있어 불명예일 뿐 아니라 파멸입니다. 앞으로 아무것도 할 수 없게 되어 버리고 맙니다. 거듭 말씀드립니다만, 그 치욕을 당하느니보다는 차라리 권총 자살을 하겠습니다.

한 여자의 격려가 없었다면, 저는 벌써 그렇게 했을지도 모릅니다. 한 번도 말씀드리지 않았습니다만, 그 여자는 저의 구세주입니다. 마음 깊숙이 키스를 보냅니다.

사랑하는 어머니, 이것이 어쩌면 마지막이 될지도 모릅니다. 안녕히 계세요.

폴 드림

이 편지에 첨부된 서류 뭉치가 파산에 대해 자상한 설명을 해 주고 있었다. 남작은 생각해 보고 결정을 내리겠다는 답장을 즉시 보냈다. 그리고 그는 조회를 해 보려고 르 아브르로 출발했다. 그리고 폴에게 보낼 돈을 마련하기 위해 토지를 저당 잡혔다. 돈을 보내 주자, 폴은 감격에 찬 감사와 열렬한 애정의 편지를 세 통이나 보내, 곧 사랑하는 가족들을 보러 가겠노라고 알려왔다. 하지만 그는 오지 않았다.

한 해가 지나갔다. 잔느와 남작이 그를 만나 마지막으로 설득해 보려고 파리를 떠나려고 하던 찰나, 폴에게서 다시 편지가 왔다. 그 편지로 그들은 그가 다시 런던에 있다는 것을 알게 되었다. 그는 그곳에서 '폴 드 라마르 상사'라는 회사명으로 기선회사를 꾸미게 되었다고 했다. 편지엔 이렇게 써 있었다.

그것은 저로서는 확실한 행운입니다. 어쩌면 부자가 될지도 모릅니다. 위험한 것은 아무것도 없습니다. 이제부터 저의 모든 성공을 보시게 될 겁니다.

다시 뵈올 때에는, 저는 사회적으로 상당한 위치를 차지하고 있을 겁니다. 오늘의 곤경에서 벗어나려면 사업밖에는 없다고 생각합니다.

석 달 후에 기선회사는 파산했고, 대표는 거래 문서에 부정이 있다는 혐의로 기소되었다.

잔느는 몇 시간 동안이나 신경 발작을 일으켰고, 결국엔 몸져 누웠다.

남작은 또다시 르 아브르로 출발했다. 그는 여러 가지를 문의하고, 변호사, 대리인, 소송 대리인, 집달리 등을 만나서 폴 드 라마르 회사의 결손은 23만 5천 프랑이라는 것을 확인했다.

그는 다시 자기 재산을 저당 잡혔고, 레 푀플의 저택과 두 개의 농장은 막대한 금액으로 해서 무거운 부담을 짊어지게 되었다.

어느 날 저녁, 남작은 대리인의 사무실에서 마지막 서류를 처리하다가 졸도하여 마룻바닥에 쓰러졌다. 잔느는 말을 타고 온 사람에게서 기별을 받았다. 그녀가 도착했을 때, 남작은 이미 숨져 있었다.

그녀는 그를 레 푀폴로 모셔 왔다. 하지만 너무도 어리벙벙해서 그녀의 고통은 절망이라기보다는 오히려 마비 상태였다.

톨비악 신부는 두 여자의 간절한 애원에도 불구하고 유해가 성당에 들어오는 것을 거절했다. 남작은 아무런 의식(儀式)도 없이 해질 무렵에 매장되었다.

폴은 자신의 파산을 청산하는 대리인 중의 한 사람에게 이 일을 들어 알았다. 그는 여전히 영국에 숨어 있었다. 그는 이 불행을 너무 늦게 알았기 때문에 올 수 없었다는 것을 변명하기 위한 편지를 썼다.

어쨌든, 지금 어머니께서 저를 곤경에서 구해 주셨으니……. 사랑하는 어머니, 프랑스로 돌아가서 곧 뵙겠습니다.

잔느는 신경 쇠약 속에서 지냈기 때문에, 이제는 아무것도 이해하지 못하는 것 같았다. 그 겨울이 끝날 무렵, 당시 68세가 된 리종 이모는 기관지염이 악화되어 폐렴이 되었다. 그녀는 조용히 숨을 거두며 중얼거렸다.

"가엾은 잔느, 하느님께 너를 긍휼히 여기십사고 부탁드릴게."

잔느는 묘지까지 따라가서 이모의 관 위에 흙이 덮이는 것을 보았다. 그녀는 속으로 자신도 죽었으면 싶었다.

그녀가 더 이상 고생도 하지 않고, 더 이상 생각도 하지 않았으면 하고 주저앉았을 때, 어떤 건장한 농사꾼의 부인이 그녀를 두 팔로 안아 올리며 마치 어린애를 다루듯이 집으로 데리고 갔다.

그녀는 한밤중에 잠이 깨었다. 야등(夜燈)이 벽난로 위에 켜져 있었다. 한 여자가 안락의자에서 자고 있었다. 이 여자는 누구일까? 모르는 여자였다.

그녀는 그 얼굴을 어디선가 본 것 같기도 했다. 언제였던가? 어디에서였던가? 그 여자는 머리를 어깨 위로 숙이고, 모자는 바닥에 떨어뜨린 채 평온하게 자고 있었다.

잔느는 열에 들뜬 상태에서 그 여자를 뚫어지게 바라보았다. 확실히 이 얼굴은 본 일이 있다!

그 순간 여자가 눈을 뜨고 잔느를 보더니 갑자기 몸을 일으켰다.

"아니, 왜 서 계세요? 병나시겠어요. 어서 다시 누으세요!"

잔느가 물었다.

"누구시지요?"

그러자 여자는 대답을 하지 않은 채 잔느의 뺨과 머리칼과 눈에 미칠 듯이 키스를 해대더니 울기 시작했다.

"가엾은 아씨. 잔느 아씨, 그래 저를 전혀 모르시겠어요?"

그러자 잔느가 소리쳤다.

"로잘리구나!"

그리고 잔느는 두 팔로 로잘리의 목을 끌어안고 키스를 퍼부었다. 두 여자는 꽉 껴안으며, 서로의 눈물에 뒤범벅이 된 채 팔을 풀지 못하고 계속 흐느껴 울었다.

잔느는 겨우 이렇게 물었다.

"어떻게 네가 다시 왔지?"

"아씨를 어떻게 혼자 계시게 할 수가 있겠어요?"

"네 얼굴 좀 보게 촛불을 가까이 가져와."

그래서 로잘리가 머리맡에 있는 탁자에 촛불을 가져다 놓자, 두 사람은 한참 동안 말없이 서로를 쳐다보았다.

잔느는 늙은 하녀에게 손을 내밀며 중얼거렸다.

"난 너를 전혀 알아보지 못했어. 너도 많이 변했구나. 그렇지만 아직 나만큼은 아니야."

"정말이지 변하셨군요, 잔느 아씨. 우리가 서로 보지 못한 것도 24년이나 되었으니까요."

두 사람은 입을 다물고 다시 생각에 빠져들었다가, 정신이 난 듯 잔느가 물었다.

"그래, 너는 행복했었니?"

로잘리는 잔느에게 고통스러운 기억을 되살릴까 봐 두려워하면서 더듬거리며 말했다.

"그, 저……. 네, 네, 마님. 그다지 불행하지는 않았어요. 확실히 마님보다는 행복했지요……. 하지만 언제나 저를 가슴 아프게 했던 것은, 이곳에 남아 아씨를 모시지 못했던 것이랍니다……."

"어쩌겠니, 얘야. 모든 일이 언제나 마음먹은 대로 이루어지는 것은 아니지. 너 역시 과부가 되었니?"

그러자 어떤 괴로움이 잔느의 목소리를 떨리게 했다. 그녀가 말을 계속했다.

"다른, 다른 아이도 있니?"

"없어요, 마님."

"그럼 그 애는……. 네, 네 아들은 어떻게 되었니? 넌 그 애에게 만족하고 있니?"

"네, 마님. 건강하게 일하는 착한 아이지요. 6개월 전에 결혼했어요. 나를 대신해서 농장을 돌보고 있지요. 그래서 제가 이렇게 마님께 올 수 있었던 거예요."

"그럼 너는 이제 내 곁을 떠나지 않을 거지?"

"물론이지요, 아씨. 그러려고 뒤처리도 다 해 놓았는걸요."

그리고 두 여자는 잠시 말이 없었다.

잔느가 말했다.

"네 남편은 어떤 사람이었니?"

"그이는 성실한 사람이었어요, 마님. 게으르지 않았지요. 재산도 모을 줄 알았고요. 그런데 폐병으로 죽었어요."

그러자 잔느는 이것저것 알고 싶어 하며 침상 위에서 일어나 앉았다.

"자, 자세하게 이야기해 봐. 네 생활을 모두. 오늘은 그러는 것이 나를 돕는 것이 될 테니까."

로잘리는 자기 자신에 관한 것, 집안에 관한 것 등을 세세하게 말했다. 그리고 이렇게 덧붙였다.

"아씨, 그리고 지금은 땅 부자가 됐어요. 아무 걱정이 없습니다."

그러다가 그녀는 다시 당황해 하면서 보다 낮은 소리로 말을 이었다.

"어쨌든 제가 이렇게 된 것은 다 아씨 덕이지요. 그러니까 제가 급료를 바라지 않는다는 것 또한 알아 주셨으면 합니다. 아, 그럴 리가 있느냐고요? 아, 천만의 말씀이지요! 그리고 만일 아씨께서 원하지 않으신다면 저는 돌아가겠습니다."

잔느는 그녀의 손을 다시 잡아서 자기 손 안에 쥐었다. 그리고 그녀는 언제나 머릿속에서 떠나지 않는 생각에 쫓겨 천천히 말했다.

"아아! 나는 운이 좋지 않았어. 내게는 모든 것이 나쁘게만 돌아갔어. 불행은 내 생을 악착스럽게 따라다닌 거야."

그러나 로잘리는 머리를 흔들었다.

"그렇게 말씀하시면 안 돼요, 아씨. 아씨는 불행한 결혼을 하신 거지요. 그뿐이에요. 상대편을 잘 모르고 결혼했다고 해서, 누구나 불행한 결혼생활을 하는 건 아니니까요."

두 여자는 늙은 친구들이 그렇듯 자신의 이야기를 끊임없이 했다. 그녀들이 이야기를 계속하는 동안 태양이 떠올랐다.

11

로잘리는 일주일 만에 저택에 있는 사람들과 일을 전적으로 지배하게 되었다. 잔느는 그녀에게 모든 것을 맡기고 수동적으로 따라갔다.

그러던 어느 날, 여주인을 침대에 눕히고 난 후 로잘리는 침대 머리맡에 앉아 불쑥 이렇게 말했다.

"이제 누우셨으니, 우리 이야기 좀 하시지요."

그리고 그녀는 상황을 설명했다. 모든 것을 해결하면, 연 수입이 약 7~8천 프랑 남는다는 것이었다. 그 이상은 아무것도 없었다. 잔느가 대답했다.

"그게 어떻다는 말이니? 난 내 명이 짧을 것을 잘 알아. 그러니 내가 죽을 때까진 그걸로 충분해."

그러나 잔느의 말에 로잘리가 화를 냈다.

"아씨는 그래도 되겠지요. 하지만 폴 도련님에게는 아무것도 남겨 주시지 않으실 건가요?"

잔느는 몸을 떨었다.

"제발, 그 애에 대한 이야기는 하지 말아다오. 생각만 해도 너무 괴로워."

"하지만 저는 말씀드려야겠습니다. 아씨는 용기가 없으시니까요. 잔느 아씨, 그분은 어리석은 짓을 하고 계십니다. 그러나 언제까지 그러시지는 않으실 겁니다. 나중엔 결혼도 하실 거고, 아이들도 생기시겠지요. 그 아이들을 키우자면 돈이 필요할 겁니다. 제 말을 잘 들어 주세요. 아씨는 레 푀플을 파셔야 합니다!"

잔느는 펄쩍 뛰며 침대에서 일어나 앉았다.

"레 뾔플을 팔다니! 어떻게 그런 생각을 할 수 있니? 아아, 절대로 그럴 수는 없다!"

그러나 로잘리는 끄떡없었다.

"그것을 파셔야만 합니다, 아씨. 그럴 수밖에 없어요."

그녀는 덧붙여서 말했다.

"나머지는 다 막혔습니다. 이젠 끝장이에요. 그리고 이제는 제가 열쇠를 관리하겠습니다. 그런 줄 아세요. 그리고 폴 도련님에게는 이제 더 이상 아무것도 드리지 않겠습니다. 단 한 푼도요. 그러지 않으면 그분은 아씨에게서 마지막 한 푼까지 빼앗아 갈 겁니다."

잠자코 울고 있던 잔느가 중얼거렸다.

"하지만 그 애가 먹을 것이 없다면?"

"시장하시면 집에 오셔서 잡수시면 되지요. 언제나 그분을 위한 침대와 스튜는 있을 테니까요. 만일 처음부터 한 푼도 드리지 않았다면, 그분이 그런 온갖 어리석은 짓을 하셨겠습니까?"

"그렇지만 그 애는 빚이 있었어. 돈을 주지 않았다면 체면에 손상을 입게 되었을 거야."

"아씨가 가진 것이 아무것도 없게 된다면, 그분이 그런 짓을 하지 않게 되지 않을까요? 아씨는 지금까지 모든 것을 주셨습니다. 그러나 이제는 지불하셔서는 안 됩니다. 저는 그것을 말씀드리는 거예요. 이제 주무세요, 아씨."

그리고 그녀는 물러갔다. 하지만 잔느는 자기의 온 생애가 얽혀 있는 이 레 푀플을 팔고 떠나 다른 곳으로 가야 한다는 생각에 기가 막혀 한숨도 자지 못했다.

이튿날, 우체부가 다시 1만 프랑을 요구하는 폴의 편지를 가져다주었다.

어떻게 해야 하는가? 그녀는 도저히 어찌 해야 할지 몰라 로잘리에게 상의했다.

로잘리는 두 손을 치켜들며 말했다.

"제가 뭐라고 했어요, 아씨? 아아! 제가 돌아오지 않았더라면, 두 분은 모두 빈털터리가 되었을 겁니다!"

잔느는 로잘리의 말대로 아들에게 답장을 써 보냈다.

사랑하는 아들아, 나는 이제 너를 위해서 아무것도 해 줄 수가 없게 되었단다. 너는 나를 파산시켰다. 그래서 레 푀플마저 팔지 않으면 안 되게 되었어.

하지만 그래도 네가 그렇게도 고생시킨 이 늙은 어미의 가호를 원한다면, 넌 언제나 안식처를 가지고 있다는 것만은 잊지 말아라.

한 달 후에 그녀는 매도 계약서에 서명을 했고, 동시에 바트빌르 마을의 평범한 작은 집 한 채를 샀다. 그 집은 고데르빌 근처에 있었고, 몽티빌리와 도로가 접해 있었다.

며칠 후, 25세가량의 키가 큰 농부가 문 앞에서 기다리고 있었다. 그는 오래전부터 그녀를 알고 있기라도 한 듯이 다정하게 인사를 했다.

"안녕하세요, 잔느 마님. 별고 없으시죠? 어머니가 이사하는데 가 보라고 하셔서요. 무엇을 가져가시는지 알고 싶군요. 밭일에 지장이 없도록 틈틈이 하려고 하거든요."

그는 로잘리의 아들이었다. 또한 줄리앙의 아들이자 폴의 형제였다. 그녀는 심장이 멎어 버리는 것 같으면서도 또한 그에게 키스를 해 주고 싶었다. 그녀는 남편이나 아들을 닮았을까 하고 그 청년을 찬찬히 뜯어보았다. 그는 전체적으로 줄리앙의 그 무엇을 지니고 있었다.

젊은이가 말을 이었다.

"그것을 바로 지시해 주시면 고맙겠습니다."

그녀는 이 방 저 방으로 가서 가구들을 찾아보았다. 가구들을 보고 있자니 갖가지 사건들이 떠올랐다. 생활의 한 부분이라기보다는 거의 존재와 같이 되어 버린 그 정다운 가구들. 그것들은 어렸을 적부터 알고 있었으며, 기쁨과 슬픔의 추억이 깃들어 있고, 그녀가 살아온 역사의 날짜와 함께 흘러오고 있었다.

어느 날 아침, 줄리앙의 아들인 젊은 농부 드니 르콕이 첫 번째 짐을 나르기 위해 짐수레를 가지고 왔다. 잔느와 로잘리는 짐 부리는 일을 살피고, 놓아야 할 자리에 가구들을 내려놓기 위해서 그를 따라갔다.

마을 모퉁이를 돌아가자, 누군가가 도로를 왔다 갔다 하고 있는 것이 보였다. 잔느가 출발하는 길목을 지키고 있던 톨비악 신부였다.

그는 마차를 지나가게 하기 위해 멈추어 섰다. 그는 길바닥의 물이 튈까 싶어서 한 손으로 자기의 옷자락을 걷어 올렸다. 검은 양말을 신은 그의 마른 다리에는 진흙투성이의 큼지막한 구두가 신겨져 있었다.

잔느는 그의 눈길과 마주치지 않으려고 눈을 내리깔았다. 그러나 모든 것을 다 알고 있는 로잘리는 미친 듯이 화를 냈다.

"못된 인간, 못된 인간!"

그녀는 아들의 손을 잡고 계속 말했다.

"채찍이나 한 번 후려쳐라!"

그러나 젊은이가 채찍을 휘두르기 전에, 전속력으로 달리던 마차가 신부 곁으로 지나가다가 갑자기 움푹 파인 바퀴 자국 속으로 빠져 버렸다. 그 바람에 흙탕물이 튀어 신부의 발끝에서 머리끝까지 온통 적셔 버렸다.

두 시간 후에 마차는 어떤 작은 벽돌집 앞에 멈췄다. 그 집은 큰길가에 방추형으로 가지치기를 한 배나무들이 있는 과수원 한가운데에 세워져 있었다. 뜰에는 네모진 작은 채소 밭이 있었고, 그 사이로 가장자리에 과실수를 심은 좁은 길이 나 있었다.

잔느는 도착하자마자 쉬고 싶었지만, 로잘리는 그녀가 또 부질없는 공상에 잠길까 봐 허락하지 않았다.

정성을 들여 정돈한 작은 집은 아름다워졌다. 잔느는 알 수 없는 그 무엇인가가 부족하기는 했지만, 처음 얼마 동안은 이 집이 마음에 들었다.

어느 날 아침, 페캉의 공증인 서기가 3천 6백 프랑을 가져왔다. 그 돈은 레 푀플에 남겨 놓았던 가구들을 팔아 받은 것이었다. 그녀는 이 돈을 받으면서 기쁨으로 몸을 떨었다. 그녀는 그 남자가 떠나자마자 부랴부랴 모자를 썼다. 이 생각지도 못 했던 돈을 폴에게 보내 주기 위해 보다 빨리 고데르빌로 가기 위해서였다.

그러나 급하게 큰길을 가고 있을 때, 그녀는 시장에서 돌아오는 로잘리를 만났다. 하녀는 금방 진상을 알아내지는 못했으나, 뭔가 수상한 것을 알아챘다. 이제 더 이상 로잘리에게 무엇도 감출 수가 없게 된 잔느는 하는 수 없이 그녀에게 사실을 털어놓았다.

집으로 들어오자마자, 로잘리는 돈을 내놓으라고 요구했다. 잔느는 6백 프랑은 남기고 나머지만 내주었으나 의심을 사서 곧 들켜 버렸고, 돈의 전부를 다 넘겨주어야만 했다. 하지만 로잘리는 6백 프랑을 폴에게 보내는 것에 동의했다. 그리고 며칠 후에 그의 사례 편지가 도착했다.

사랑하는 어머니, 어머니는 제게 큰 도움을 주셨습니다. 저희는 심각한 곤궁에 처해 있었습니다.

잔느는 바트빌르에 그다지 익숙해지지 않았다. 그녀는 옛날처럼 숨을 쉴 수 없었고, 전보다 더 고독했으며, 더 버림받고 고립된 것만 같았다.

잔느는 밤마다 레 푀플에 사는 꿈을 꾸었다. 그녀는 전처럼 아버지와 어머니와 함께 있었으며, 때로는 리종 이모도 함께 있었다. 그녀는 이미 잊혀지고 끝나 버린 일들을 다시 해 보았고, 가로수 길을 거니는 아델라이드 부인을 부축하는 상상도 했다.

그리고 잠에서 깨어날 때마다 눈물을 흘렸다.

그녀는 언제나 폴을 생각했다. 스스로 물어보기도 했다. '그 애는 무엇을 하고 있을까? 지금 어떻게 지내고 있을까? 가끔 내 생각을 할까?' 그녀는 농장과 농장 사이에 패어 있는 길을 천천히 거닐면서 자신을 괴롭히는 이런 생각들을 떠올리곤 했다.

봄과 여름이 또 지나갔다. 그러나 가을이 지루한 비와 잿빛 하늘, 어두운 구름과 함께 다시 왔을 때, 그녀는 이렇게 산다는 것에 권태를 느꼈고, 풀레를 다시 찾기 위해 모든 노력을 다 기울여야겠다는 결심을 세웠다. 그의 정열도 지금쯤은 식어졌을 것이라고 생각한 그녀는 그에게 눈물겨운 편지를 썼다.

내 사랑하는 아들아, 제발 내 곁으로 돌아와다오. 나는 늙고 병든 채로, 일년 내내 하녀와 단둘이서 지내고 있단다. 나는 지금 길가의 작은 집에서 살고 있다. 참 슬픈 일이지. 그러나 너만 여기에 있어 준다면, 내게는 모든 것이 달라질 게다. 내겐 오직 너밖에 없다. 그런데 7년이나 보질 못했구나!

너는 내가 그동안 얼마나 불행했으며, 또 얼마나 네게 의지를 했었는지 결코 알지 못할 게다. 너는 나의 삶이었고, 꿈이었으며, 유일한 희망이자 사랑이었다. 그런데도 너는 나를 돌보지 않았고, 나를 버리고 말았구나. 돌아와라, 내 귀여운

풀레야. 돌아와서 내게 키스해 다오. 절망에 가득 차서 네게 손을 내밀고 있는 늙은 어미 곁으로 돌아오길 기다리마.

잔느

그는 며칠 후에 답장을 보내왔다.

사랑하는 어머니, 어머니를 뵈러 갈 수만 있다면 얼마나 좋겠습니까. 그러나 지금 저는 동전 한 닢도 없습니다. 돈을 얼마 정도라도 보내 주신다면 돌아가겠습니다. 그렇잖아도 어떤 계획을 말씀드리기 위해서 바라시는 대로 어머니를 찾아뵈러 갈 작정이었습니다.

제가 처해 있는 이 역경 속에서도 저의 반려인 이 여자의 욕심 없는 애정은 한이 없습니다. 저는 그렇게도 충실한 그녀의 사랑과 헌신을 공개적으로 인정하지 않고 이렇게 오랫동안 그냥 버려둘 수가 없습니다. 그 여자는 어머님이 인정하실 정도로 매우 예의가 바르며, 교양도 있고, 독서도 많이 하고 있습니다. 어쨌든 어머님은 그녀가 항상 저의 일부분을 차지하고 있다는 것을 상상조차 못하실 겁니다.

만일 제가 그녀에게 감사의 뜻을 표하지 않는다면, 전 짐승 같은 사람이겠지요. 그래서 저는 그녀와 결혼하는 것을 어머님께 허락받으러 갈 것입니다. 제가 집을 몰래 빠져나간 것을 용서해 주신다면, 저희는 어머님의 새 집에서 다 같이 함께 살고자 합니다.

어머님께서도 그녀가 어떤 사람인지 아시기만 한다면 당장에 승낙하실 겁니다. 저는 그녀가 나무랄 데 없이 품위가 있음을 단언합니다. 어머님은 꼭 그녀를 사랑하시게 될 겁니다. 저는 그녀 없인 살 수가 없습니다.

사랑하는 어머니, 저는 어머니의 답장을 학수고대하겠습니다. 그리고 저희는 진심을 담아 어머님께 키스를 보냅니다.

어머님의 아들, 자작 폴 드 라마르

잔느는 낙심하여 편지를 무릎에 놓은 채 꼼짝하지 않고 앉아 있었다. 그녀는 자기 아들을 끊임없이 붙들고 있는 그 여자, 한 번도 그 애가 이리 오도록 내버려두지 않는 그 여자, 절망에 빠진 노모가 자기 아이를 껴안고 싶은 욕망을 더 이상 견뎌내지 못하고 약해진 마음으로 모든 것을 허락할 때를 기다리고 있는 그 여자의 술책을 눈치챘던 것이다. 그리고 그 상스러운 여자에게 내비치는 폴의 집요한 편애는 엄청난 고통이 되어 잔느의 가슴을 쥐어뜯었다. 그녀는 계속 되풀이하며 말했다.

"그 애는 나를 사랑하지 않는다. 그 애는 나를 사랑하지 않는

다."

그러다가 그녀는 당장 폴에게 편지를 써서 자신이 간다는 것과 그 매춘부가 사는 집이 아닌 다른 곳에서 만나자는 것을 알렸다. 그리고 그녀는 답장을 기다리며 떠날 채비를 했다. 로잘리는 주인의 속옷과 옷가지들을 낡은 가방 속에 넣었다.

폴에게서는 여전히 답장이 오지 않았다. 그녀는 1주일을 기다렸고, 다시 2주일을 기다렸다.

폴이 답장을 하지 못하도록 방해하는 것은 확실히 그 여자다!

그래서 잔느는 당장 떠나기로 결심했다. 로잘리를 데리고 가고 싶었지만, 하녀는 여행 비용이 많이 든다면서 따라가는 것을 거절했다. 로잘리는 주인에게 3백 프랑 이상을 가져가는 것을 허락하지 않았다.

"돈이 더 필요하시게 되면, 제게 편지를 보내세요. 그러면 제가 공증인에게 가서 부쳐 드리도록 할게요. 만약 아씨께 돈을 더 드린다면, 그건 전부 폴 도련님이 가져가실 테니까요."

12월의 어느 날 아침, 두 여자는 그들을 역에까지 데려다 주기 위해 찾아온 드니 르콕의 마차에 올랐다. 로잘리는 역까지 주인을 전송했다.

기차가 파리로 들어갔을 때는 이미 저녁때였다.

그녀가 호텔에 들어서자, 보이가 그녀의 짐을 들고 앞장서서 계단을 올라갔다.

그녀는 가슴이 죄어드는 것 같았다. 그녀는 작은 탁자 앞에 앉아 닭고기와 수프를 올려다 달라고 부탁했다. 그녀는 새벽부터 아무것도 먹지 못했던 것이다.

식사를 끝내자, 그녀는 창가로 가서 사람들로 붐비는 거리를 내려다보았다. 밖에 나가 보고 싶었으나 감히 그러진 못했다. 길을 잃을 것만 같았기 때문이다. 그녀는 자리에 누워 불을 껐다. 그러나 잡음과 미지의 도시에 있다는 느낌, 그리고 여행에 대한 불안이 그녀를 잠들지 못하게 했다.

희미하게 동이 트자 그녀는 옷을 주워 입었다. 폴은 시테의 소바즈 가에 살고 있었다.

약 한 시간 후에 그녀는 소바즈 가로 들어섰다. 그곳은 아주 어두워서 마치 골목길 같았다. 그녀는 아들의 집 문 앞에서 걸음을 멈췄다. 무릎과 손이 떨려오는 것을 느꼈다.

그녀는 마침내 집안으로 들어가서 복도를 따라 걷다가 수위실이 보이기에 은화 한 닢을 내밀면서 물어보았다.

"폴 드 라마르 씨에게 어머니 친구인 어떤 노부인이 아래에서 기다리고 있다고 올라가셔서 말해 주실 수 있겠습니까?"

수위가 대답했다.

"그분은 이제 여기에 살고 있지 않습니다. 부인."

"아아! 어디에, 그럼 지금은 어디에서 살고 있는지요?"

"모르겠는데요."

그녀는 쓰러질 것 같은 현기증을 느끼며 잠시 동안 아무 말도 못하고 그대로 서 있었다. 마침내 있는 힘을 다해서 이성을 차린 그녀가 말했다.

"떠난 지 얼마나 되었나요?"

"보름쯤 됩니다. 어느 날 밤에 나가더니 돌아오질 않는군요. 그들은 이 구역 여기저기에서 돈을 빌렸거든요. 그러니 주소를 남겨 둘 리가 있겠습니까?"

잔느는 눈앞에서 총을 한 방 쏜 것처럼 커다란 불꽃이 번쩍거렸다.

"그는 가면서 아무 말도 하지 않았나요?"

"네, 전혀 없었어요. 돈을 갚지 않으려고 도망친걸요."

"하지만 편지를 찾아오라고 누군가를 시키긴 했을 텐데요."

"편지가 그렇게 많지도 않았습니다. 1년에 열 통도 안 되었으니까요. 그러나 그들이 없어지기 이틀 전에 한 통 올려다 드리긴 했지요."

그것은 아마 그녀의 편지였을 것이다. 그녀가 황급히 말했다.

"이보세요, 나는 그 애 어미랍니다. 그 애를 찾으러 왔지요.

10프랑 드리겠습니다. 만일 당신이 그 애에 대한 어떤 소식이나 정보를 알게 되면, 르 아브르가의 노르망디 호텔로 알려 주세요. 사례는 충분히 하겠습니다."

문지기가 대답했다.

"잘 알겠습니다, 부인."

그녀는 그곳을 빠져나와서 자기가 어디로 가고 있는지 불안해 하지도 않으면서 무조건 걷기 시작했다.

햇빛을 받고 걸은 덕분에 몸이 좀 따뜻해졌기 때문에, 그녀는 또 한두 시간을 앉아 있었다.

그녀는 간신히 용기를 내어 사람들에게 길을 물어보아 겨우 묵고 있는 호텔에 닿았다.

다음 날은 아들을 찾으려고 경찰서로 갔다. 그들은 그녀에게 아무것도 약조할 순 없지만, 노력은 해보겠노라고 했다. 그녀는 그를 볼 수 있으리라는 희망으로 거리를 헤맸다. 그녀는 이 움직이는 군중 속에서 황량한 들판 한가운데에 있는 것보다 더 심한 고독을 느꼈고, 더욱 고립되어 있는 것 같았으며, 더욱 비참하게 느껴졌다.

저녁때 호텔로 돌아오니, 어떤 남자가 찾아왔다가 내일 다시 오겠다는 말을 남기고 갔다고 전해 주었다. 그날 밤에 잔느는 피가 가슴에서 용솟음쳐 잠들지 못했다.

아침 아홉 시경에 누군가가 문을 두드렸다. 그녀는 팔을 벌리고 뛰어들어 안을 준비를 한 채 소리쳤다.

"들어오세요!"

하지만 나타난 건 그녀가 모르는 사람이었다.

그는 소바즈 가의 수위를 통해 그녀가 온 것을 알았다고 했다. 폴을 도무지 찾을 수가 없어서, 어머니에게 대신 말하려고 왔다는 것이었다. 그녀는 그가 내미는 서류를 아무 생각 없이 받아 읽었다. 90프랑이라는 숫자가 눈에 들어왔다. 그녀는 돈을 꺼내 지불했다.

그날은 외출하지 않았다. 다음 날엔 다른 빚쟁이들이 몰려들었다. 그녀는 20프랑만 남기고 있는 돈을 다 내주었다. 그리고 로잘리에게 지금까지의 일을 설명하는 편지를 썼다.

하녀의 편지를 기다리면서, 그녀는 길고 긴 시간을 무엇을 하며, 어디에서 보내야 할지 몰라 방황하며 비통하게 보냈다.

마침내 어느 날 저녁, 그녀는 한 통의 편지와 2백 프랑을 받았다. 로잘리는 이렇게 써 보냈다.

잔느 아씨, 어서 속히 돌아오세요. 더 이상은 아무것도 보내 드릴 수가 없어요. 폴 도련님은 소식이 있으면 제가 찾아갈 테니까요. 이만 줄입니다.

그래서 잔느는 눈이 내리는 몹시 추운 어느 날 아침, 바트빌르로 다시 떠났다.

12

그 후로 그녀는 외출도 하지 않았으며, 거의 움직이지도 않았다.

그 작은 방에 어둠이 깔려도 난로에 장작을 지피는 것 외에는 다른 동작은 하지 않았다. 그러면 로잘리가 램프를 가져오며 소리를 지르곤 했다.

"잔느 아씨, 움직이셔야 해요. 그렇지 않으면 또 오늘 저녁에도 시장기를 못 느끼실 거예요."

그녀는 머리에서 줄곧 떠나지 않는 고정관념에 쫓기기도 하고, 무의미한 걱정으로 몹시 괴로워하기도 했으며, 아주 사소한 일들이 그녀의 병적인 머릿속에서 아주 큰 중요성을 차지하기도 했다.

그녀는 매일 아침 거의 초조해 하면서 로잘리가 오기를 기다렸다. 커피가 가득한 찻잔이 머리맡에 있는 탁자에 놓이면, 그녀는 그때서야 자리에서 일어나 앉으며 열심히 그것을 비웠다. 그 다음에는 이불을 걷어차 내고 옷을 입기 시작했다.

그러나 차츰 접시에다 찻잔을 내려놓은 다음에도 잠시 동안 부질없는 공상에 잠기는 버릇이 생기기 시작했다. 그리곤 다시 침대에 드러눕는 것이었다. 그녀는 로잘리가 와서 화를 내며 거의 강제로 옷을 입힐 때까지 이 게으름을 더 오래 끌었다.

초봄에 공기가 부드러워지자 그녀에게 약간의 원기가 소생되었으나, 그녀는 이 회복된 활동력을 점점 더 우울한 상념에 빠지도록 하는 데만 사용했다.

가끔 한순간 그녀는 자기가 늙었다는 것과, 이제 자기 앞에는 슬프고 고독한 삶만 남았다는 것, 그리고 자기 인생의 거의 끝까지 왔다는 것을 잊어버리곤 했다.

어느 날 아침, 로잘리는 여느 때보다 일찍 방으로 들어와서는 머리맡 탁자에다 밀크커피 잔을 내려놓으며 말했다.

"자, 빨리 마시세요. 드니가 문 앞에서 우리를 기다리고 있어요. 일이 있어서 레 푀플에 갈 거예요."

잔느는 너무도 기뻐서 기절할 것만 같았다. 정겨운 자기의 옛집을 다시 본다는 생각에 가슴이 벅차오른 잔느는 감동으로 손을 떨면서 옷을 입었다.

빛나는 하늘은 온 누리에 펼쳐져 있었다. 조랑말도 즐거운 모양인지 이따금 질주를 하곤 했다. 에투방 마을로 들어서자, 잔느는 가슴이 설레서 숨도 쉴 수 없었다. 울타리의 벽돌 기둥을 본 그녀는 자기도 모르게 두세 번 놀라움에 가득 차서 외치듯이 탄성을 냈다.

"…아아! 아아!"

잔느는 거의 뛰다시피 해서 자기 방이 있는 데까지 올라갔다. 그 방은 밝은 벽지로 다시 도배가 되어 있어서 알아보기 힘들었다. 하지만 창문을 열자, 멀리서 움직이지 않는 듯한 갈색 돛들이 점점이 흩어져 있는 바다와 광야와 느릅나무들, 그리고 작은 숲들이 이루고 있는, 그토록 사랑했던 그 수평선 앞에서 그녀는 뼛속까지 감동이 밀려와 그대로 서 있었다.

그녀는 거실로 내려갔다. 덧문이 닫혀서 어두웠기 때문에 그녀는 잠시 동안 아무것도 분간할 수가 없었다. 곧 어둠에 익숙해지자, 그녀는 새들이 날아다니고 있는 높다란 장식 융단을 조금씩 알아보았다. 두 개의 안락의자는 방금까지도 사람이 앉아 있었던 것처럼 벽난로 앞에 예전 그대로 있었다.

그때 밖에서 누군가가 그녀를 불렀다. 로잘리의 목소리였다.

"잔느 아씨, 잔느 아씨! 다들 점심을 들려고 아씨를 기다리고 있어요."

그녀는 정신없이 밖으로 나갔다. 그리고 그 후엔 자기에게 건네는 말들을 아무것도 이해하지 못했다. 주는 대로 먹고, 무슨 말을 하는 건지도 모르고 들었으며, 자기의 건강에 대해서 묻는 듯한 소작인들과 이야기를 했고, 포옹하는 대로 가만히 있었으며, 그들의 뺨에 키스를 하고 마차에 다시 올랐다.

나무들 사이로 저택의 높은 지붕이 보이지 않게 되자, 그녀는 가슴이 찢어지는 듯한 심한 아픔을 느꼈다. 마음속으로 자기 집에 영원한 이별을 고한 듯한 느낌이었다.

그들은 다시 바트빌르로 돌아왔다. 그녀가 새 집으로 들어가려는 순간, 문 밑에서 하얀 물체가 눈에 띄었다. 그것은 자기가 없는 사이에 우체부가 밀어 넣고 간 편지였다. 그녀는 곧 그것이 폴에게서 온 것이라는 걸 알고, 괴로움에 떨면서 뜯어 보았다. 그는 이렇게 쓰고 있었다.

사랑하는 어머니, 좀 더 일찍 편지를 보내지 못한 것은, 제가 직접 어머니를 뵈러 가기 전에 어머니께서 파리에서 쓸데없는 여행을 하지 않으셨으면 했기 때문이었습니다.

저는 지금 엄청난 불행의 타격을 받아 큰 어려움에 처해 있습니다.

제 아내는 사흘 전에 딸을 낳고 나서 죽어 가고 있습니다.

그런데 저는 한 푼도 없습니다.

문지기의 아내에게 맡겨서 우유로 키우고 있습니다만, 그 아이를 잃게 될까 봐 겁이 납니다.

이 아이를 어떻게 해야 할지 모르겠습니다. 어머님께서 맡아 주실 수는 없나요?

물론 제가 해야만 한다는 것을 잘 알고 있지만, 그 애를 유모에게 맡겨 기를 형편도 되지 못합니다. 빨리 답장해 주세요.

어머님을 사랑하고 있는 아들, 폴

잔느는 의자에 주저앉아 간신히 로잘리를 불렀다. 하녀가 오자 두 사람은 함께 그 편지를 다시 읽었다. 그들은 오랫동안 서로 마주 본 채 아무 말도 없이 앉아 있었다.

마침내 로잘리가 말했다.

"제가 그 어린아이를 데리러 가겠어요, 아씨. 그렇게 내버려 둘 수는 없지요."

잔느가 대답했다.

"그래, 그렇게 해다오."

"모자를 쓰세요, 아씨. 그리고 고데르빌의 공증인 사무실로 가십시다. 만일 그 여자가 죽게 된다면, 폴 도련님은 훗날 어린

아이를 위해서라도 결혼하셔야 하니까요."

잔느는 한마디 대꾸도 없이 모자를 썼다. 고백하기 어려운 어떤 묘한 기쁨이 그녀의 가슴속으로 스며들어 왔다. 무슨 일이 있어도 숨겨야 하는 위험한 기쁨, 낯이 붉어지기는 하지만 마음의 불가사의한 비밀 속에서 열렬히 좋아하게 되는 그런 가증스러운 기쁨이었다. 그건 아들의 정부가 죽어 가고 있다는 것이었다.

공증인은 하녀에게 상세한 지시를 해 주었고, 그녀는 그것을 몇 번이고 반복하여 듣고 나서 실수를 저지르지 않을 확신이 서자 말했다.

"아무 염려 마세요. 이제는 제가 책임지겠습니다."

그녀는 그날 밤 파리로 출발했다. 잔느는 아무것도 생각할 수 없게 만드는 상념의 혼란 속에서 이틀을 지냈다. 사흘째 되는 날 아침, 그녀는 저녁 차로 돌아오겠다는 로잘리의 짤막한 편지를 받았다.

세 시경에 그녀는 하녀를 마중하러 뵈즈빌 역에까지 나갔다.

마침내 요란한 소리를 내는 기차가 기적 소리를 내면서 열심히 승강구를 살피고 있는 잔느 앞에 멈췄다.

사람들 속에서 양팔에 보따리 같은 것을 안은 로잘리가 나타났다. 그녀는 로잘리가 있는 곳으로 가고 싶었지만 다리에 힘이 풀려 넘어질까 봐 그럴 수가 없었다.

로잘리는 그녀를 보자, 평소처럼 침착한 태도로 그녀에게로 와서 말했다.

"돌아왔습니다. 쉬운 일은 아니더군요."

"그래서?"

"여자는 간밤에 죽었어요. 혼인 신고는 했답니다. 이 아이가 폴 도련님의 아이입니다."

그리고 그녀는 포대기에 파묻혀 전혀 보이지 않는 어린아이를 내밀었다.

잔느는 기계적으로 그것을 받아들었고, 둘은 역을 빠져나가 마차에 올랐다. 로잘리가 다시 말했다.

"폴 도련님은 장례식이 끝나는 대로 오실 겁니다. 말씀대로라면 내일 이 시각쯤에요."

잔느는 '폴……' 하고 중얼거렸으나 아무 말도 덧붙이지 않았다.

잔느는 자기 앞의 허공을 똑바로 쳐다보고 있었다. 제비들이 불화살처럼 구부린 채 날면서 하늘을 가렸다. 갑자기 기분 좋은 생명의 온기가 그녀의 옷으로 스며들어 다리에 미치고, 살 속까지 파고들었다. 그것은 그녀의 무릎 위에서 자고 있는 작은 생명의 체온이었다.

그러자 무한한 감동이 그녀를 사로잡았다. 그녀는 계속 보지 않고 있던 어린애의 얼굴을 갑자기 들추어 보았다.

자기 자식의 딸이, 한없이 여린 그 피조물이 강한 빛을 받아 입을 오물거리면서 파란 눈을 떴을 때, 잔느는 두 팔로 아기를 들어 올려 미친 듯이 키스를 퍼붓기 시작했다.

그러자 로잘리가 만족해 하면서도 무뚝뚝한 태도로 그녀를 말렸다.

"잔느 아씨, 그만하세요. 그러다 아이를 울리시겠어요."

그리고 자신의 생각에 대답이라도 하듯 덧붙였다.

"그러고 보면 인생이란, 사람들이 생각하는 것처럼 그렇게 행복한 것도, 그렇게 불행한 것도 아닌가 봐요."

작품에 대하여

여자의 일생

◆ **작품 소개**

자연주의 소설로 꼽히는 모파상의 대표적인 장편 소설

원제는 '어느 일생'이다. 신문의 연재소설을 묶어 1883년에 단행본으로 출판된 이 작품은 이듬해 초에 25판을 찍을 만큼 인기를 끌었다. 이 작품 덕분에 모파상은 유럽 전역의 인기 작가로 급부상했다. 이 작품은 대표적인 자연주의 소설로 꼽힌다. 러시아의 대문호인 톨스토이는 모파상의 재능과 작품성에는 찬사를 보내면서도 이 작품에서 너무나도 잔인하고 가혹한 여성의 운명을 낱낱이 드러내는 것은 못마땅하게 생각했다.

모파상은 자연의 본성을 억누르는 결혼 제도를 회의적으로 바라보며 이 작품을 썼는데, 그 바탕에는 자연주의 작가들에게 큰 영향을 미친 쇼펜하우어의 사상을 엿볼 수 있다. 출판업자 하세트가 '포르노그래피에 가깝다'는 이유로 배포를 거부한 일화가 있을 만큼 화제를 모았던 이 소설은 비평가들에게도 높은 평가를 받았다. 심지어 자연주의에 반대하던 평론가들조차 이 소설 특유의 감성과 서정성에 깊은 감동을 받았다고 한다. 자연주의 작품의 시초라고 할 수 있는 이 작품은 사람의 인생에 빠지기 쉬운 함정과 자연적이고 동물적인 '힘'을 잔인하게 그리고 있다.

◆ **줄거리**

이 소설의 배경은 프랑스 왕정복고부터 1848년 혁명에 걸친 기간이지만, 그 정치적 상황과는 무관한 한 시골 귀족 여인인 잔느가 수도원을 떠나 콕스에서 죽음을 맞을 때까지의 일생에만 초점을 맞추고 있다. 노르망디(모파상의 고향) 귀족의 외동딸 잔느는 청순하고 꿈 많은 처녀이다. 그녀는 12세 때부터 5년간 수도원에서 교육을 받으며 행복한 소녀 시절을 보낸다. 그녀는 부푼 꿈을 안고 결혼을 한다. 그러나 첫날밤 남편의 난폭한 야수성을 보면서 결혼 생활에 대한 환멸과 비애를 느끼기 시작한다. 난봉꾼인 남편 줄리앙은 하녀 로잘리 사이에서 아이를 낳고, 백작 부인과 간통하여 그 남편에게 살해되고 만다. 잔느는 남은 외아들인 폴에게 모든 희망을 걸지만, 이 아들마저 감당할 수 없는 방탕아가 되어 집을 떠나 그녀를 절망시킨다.

◆ **들어가기**

한국 속담에 '여편네 팔자는 뒤웅박 팔자'라는 말이 있다. 뒤웅박이란 박을 쪼개지 않은 채 꼭지 근처에 구멍만 뚫거나 꼭지 부분을 베어 내고 속을 파낸 바가지를 뜻한다. 그런데 이러한 바가지의 쓰임새가 다양하여 부잣집에서는 쌀을 담아 두는 그릇으로, 가난한 집에서는 여물을 담아 두는 그릇으로 사용하였다. 그래서 이 속담은 여자가 부잣집으로 시집을 가느냐, 아니면 가난한 집으로 시집을 가느냐에 따라 그 여자의 팔자가 결정된다는 뜻으로 쓰였다. 지금은 사정이 다르지만 불과 몇 십 년 전만 해도 여성의 삶은 이렇게 운명이나 환경에 따라 크게 달라질 수밖에 없었다.

그래서 동양에서나 서양에서나 이러한 여성의 삶을 다룬 작품을 그다지 힘들이지 않고 쉽게 찾아볼 수 있다. 가령 한국 근대문학의 아버지라고 할 춘원 이광수는 1934년부터 조선일보에 〈그 여자의 일생〉이라는 소설을 연재하였다. 그 뒤 영화로 만들어져 더욱 잘 알려진 이 소설에서 이광수는 불행한 가정 형편 때문에 한 여성이 걸어야 하는 파란만장한 삶의 여정을 그린다.

그런데 이광수는 이 소설을 쓰면서 직접 또는 간접으로 19세기 프랑스 작가 기 드 모파상(1850~1893)의 처녀 장편 소설《여자의 일생》(1883)에서 적잖이 영향을 받았다. 작중 인물과 배경을 한국으로 옮겨 왔을 뿐 제목이나 내용에서 〈그 여자의 일생〉은 모파상의《여자의 일생》과 비슷하다. 두 작품의 주인공은 여성으로 아직도 가부장 질서가 서슬 퍼렇게 힘을 떨치던 근대기에 온갖 고통과 설움을 겪으면서 신산스러운 삶을 살아간다.

러시아의 문호 레프 톨스토이는 삶의 어두운 면을 즐겨 그리는 모파상의 작품 경향에 대해서는 못마땅하게 생각하면서도《여자의 일생》에 대해서만은 찬사를 아끼지 않았다. 톨스토이는 이 소설이야말로 빅토르 위고의《레미제라블》이후 프랑스에서 나온 가장 훌륭한 작품으로 평가하였다. 독일의 철학자 프리드리히 니체는《이 사람을 보라》에서 독일의 문학자들을 혹평한 뒤 프랑스의 문학자를 높이 평가하였다. 특히 모파상을 그 중에서도 가장 뛰어난 천재로 꼽았다. 실제로《여자의 일생》은 귀스타브 플로베르의《보바리 부인》과 함께 가히 프랑스 리얼리즘 문학의 최고봉으로 일컬을 만하다.

◆ **작품의 배경**

《여자의 일생》은 그 제목에서도 잘 알 수 있듯이 한 여자의 기구한 인생 여정을 그린 작품이다. 원래 제목은 'Une Vie'로 '어떤 삶' 또는 '어떤 인생'이라는 뜻이다. 그러나 주인공이 잔느라는 여성이기 때문에 영미 문화권이나 동양 문화권에서는 지금까지 흔히 '여자의 일생'이라는 제목으로 번역되어 왔다. 그러나 엄밀히 말하자면 '한 여자의 일생'이라고 해야 맞다. 물론 잔느라는 한 여성의 삶은 궁극적으로 이 세상의 모든 여성의 삶을 축소해 놓은 것이라고 해도 크게 틀리지 않을 것이다. 다시 말해서 잔느는 특정한 여성이라기보다는 여성 전체를 가리키는 일종의 제유에 해당하기 때문이다.

한편 모파상이 《여자의 일생》의 부제로 삼고 있는 '작은 진실'이라는 표현도 좀 더 찬찬히 눈여겨볼 필요가 있다. 작가의 상상력이 빚어낸 허구의 세계인 소설은 흔히 진실과는 거리가 먼 '거짓말'이라고 일컫는다. 특히 낭만주의 작품은 삶을 지나치게 미화한다고 하여 '아름다운 거짓말'이라고 부른다. 그러나 모파상은 비록 허구적 형식인 소설이라는 그릇을 빌려오되 어디까지나 그 그릇 안에 삶의 진실을 담아내려고 노력하였다. 실제 사실에 입각한 역사나 객관적 사실과 비교해 보면 '작다' 할지 모르지만, 상상력에 의존하는 소설은 어떤 의미에서는 그것들보다 더 설득력 있는 '진실'이 될지도 모른다.

모파상은 문학적 스승인 플로베르한테서 '생각하는 것'보다는 정확히 '바라보는 것'을 훈련받았다. 그래서 모파상은 무엇보다도 작품에서 정확한 관찰과 정확한 표현에 무게를 실었다. 모파상은 그의 작품에서 자신이 겪은 일상 체험과 관찰한 것을 직접 독자에게 말해 주는 것 같다. 소재도 작가 자신이 직접 귀와 눈으로 접한 세계로 제한하여 고향 노르망디 지방의 농어민, 직장이었던 파리의 공무원 세계, 스스로 겪었던 질병에 따르는 불안과 공포, 그리고 그것으로부터 탈출 시도 등을 일관되게 다룬다.

◆ **작품의 내용**

《여자의 일생》의 내용은 자칫 진부하다 싶을 만큼 우리 주위에서 쉽게 볼 수 있는 사건이다. 귀족의 외동딸로 태어나 순진무구하게 자란 주인공 잔느는 열일곱 살 때까지 5년 동안 수도원 기숙사에서 엄격한 교육을 받는다. 기숙사를 나오면서 자유를 누릴 꿈에 부푼 그녀는 인생에서 첫발을 내디디면서 장밋빛 꿈에 부풀어 있다. 행복한 처녀 시절을 거쳐 외모가 뛰어난 줄리앙이라는 청년과 결혼하게 된다. 그러나 첫날밤 남편의 난폭한 야수성을 보게 되자 환멸과 비애를 느낀다. 난봉꾼인 남편 줄리앙은 하녀 로잘리에게 아이를 낳게 하고, 백작의 부인과 간통하여 마침내 그 남편에게 살해되고 만다. 잔느는 남은 외아들인 폴에게 모든 희망을 걸지만, 이 아들마저 감당할 수 없는 방탕아가 되어 집을 떠나 그녀를 절망시킨다. 이제 주인공 잔느에게 남아 있는 것이라고는 삶에 대한 회의와 좌절과 절망뿐이다.

《여자의 일생》에서 모파상은 주인공의 비극적 운명을 보여주기 위하여 '비'의 상징을 아주 효과적으로 사용한다. 소설의 첫 장이 시작하면서부터 줄기차게 비가 내린다. 가령 '비는 계속해서 내리고 있었다.'나 '밤새도록 억수 같은 비가 지붕과 유리창을 뒤흔들며 쏟아지고 있었다.' 등의 문장은 여주인공의 운명이 어떻게 될지 미리 예고한다. 뒷날 미국 작가 어니스트 헤밍웨이도 《무기여 잘 있어라》에서 비를 재앙과 비극의 상징으로 사용하듯이, 모파상은 이미 《여자의 일생》에서 비를 상징적 이미지로 사용하였다.

한편 《여자의 일생》은 19세기 초엽의 시대적 상황을 정확하게 묘사한 풍속 소설로 읽을 수도 있다. 사실주의자나 자연주의자답게 모파상은 이 소설에서 19세기 초엽의 프랑스 사회를 비교적 충실하게 묘사한다. 이 소설을 읽고 있노라면 시대 의상을 보는 것처럼 이 무렵의 역사적 사실이 고스란히 드러난다. 작가가 이야기 첫머리에 1819년이라는 시대를 명시하는 것만 보아도 잘 알 수 있다. 잔느와 줄리앙이 신혼여행을 코르시카로 건너갈 때에는 기선이 다니기 시작했는데, 잔느가 아들을 찾아 파리로 갈 때는 철도가 부설되어 파리와 르아브르 사이를 왕래하고 있다.

모파상은 일간 신문에 이 작품을 연재하다가 1883년에 단행본으로 출간하였다. 이듬해 초에 벌써 25쇄를 거듭할 만큼 큰 호평을 얻으면서 그는 일약 전 유럽에 걸쳐 명성을 떨쳤다.

◆ 작품의 중심 주제

모파상의 《여자의 일생》은 사실주의와 자연주의 전통에 서 있는 작품이다. 그는 순진하고 아무 방어 능력이 없는 한 여성이 부르주아 가치관이 지배하는 사회에서 어쩔 수 없이 희생당하는 과정을 그린다. 자신이 제어할 수 없는 어떤 외부적 힘에 의하여 희생당한다는 점에서 보면 이 작품은 자연주의적이라고 할 수밖에 없다. 자연주의 전통에 속한 작품이 으레 그러하듯이 이 작품도 비극적이고 염세주의적인 그림자가 짙게 드리워져 있다.

그러나 이 작품을 지나치게 자연주의의 굴레에 가두는 것은 그다지 바람직하지 않다. 모파상은 졸라와는 달리 자연주의에 뿌리를 박되 좀 더 보편적인 삶의 문제에 관심을 기울인다. 모파상은《여자의 일생》에서 19세기 프랑스 노르망디 지방에 살고 있는 한 여성의 삶을 뛰어넘어 좀 더 보편타당한 주제를 다룬다. 이 작품에서 그는 낭만적 이상과 누추한 현실 사이에서 빚어지기 마련인 갈등과 긴장의 문제를 다룬다.

주인공 잔느가 수녀원에서 세상 밖으로 나올 때 지나치게 낭만적 꿈에 도취해 있다. 바깥세상은 수녀원과는 아주 다른 세상일 것으로 착각하는 것이다. 꿈과 이상이 크면 클수록 누추한 현실과 부딪쳤을 때 더더욱 절망하지 않을 수 없다. 만약 잔느가 현실을 좀 더 냉정하게 직시했더라면 훨씬 덜 불행했을 것이다. 잔느가 삶에서 쓰디쓴 잔을 마시는 것은 사회 경제적 요인의 탓도 있지만 그녀의 실수 탓이 오히려 크다.

이 소설의 결말 부분에서 여주인공 잔느와 함께 늙어 가는 하녀 로잘리는 그녀에게 "그러고 보면 인생이란, 사람들이 생각하는 것처럼 그렇게 행복한 것도, 그렇게 불행한 것도 아닌가봐요."라고 말한다. 삶이란 그렇게 장밋빛처럼 낙관적인 것은 아니지만 그래도 살 만한 가치가 있다는 말로 받아들일 수 있다. 만약 현실을 좀 더 정확하게 꿰뚫어볼 수 있다면 삶은 훨씬 더 살 만할 가치가 있을 것이다.

◆ **작가 소개**

기 드 모파상은 1850년 노르망디의 미로메닐에서 태어났다. 열두 살 때 부모가 별거하자 어머니 밑에서 문학적 감화를 받으면서 성장하였다. 1869년부터 파리에서 법률 공부를 시작했지만 1870년에 프로이센-프랑스 전쟁이 일어나자 학업을 중단하고 군에 자원 입대하였다.

보불전쟁이 끝난 뒤 1872년에 해군성 및 문부성에서 근무한 적이 있지만 곧 문학에 뜻을 두었다. 플로베르에게서 문학 지도를 받았고, 1874년 플로베르의 소개로 에밀 졸라를 알게 되면서 당시의 젊은 문학가들과도 친분을 쌓았다. 1880년 젊은 작가 여섯 명이 쓴 단편 모음집《메당 야화》에 〈비곗덩어리〉를 발표하여 명성을 얻으면서 문단에 정식 데뷔하였다.

모파상은 비교적 짧은 생애에 300여 편에 이르는 단편 소설과 기행문, 시집, 희곡 등을 발표하였다. 또한《여자의 일생》말고도《벨아미》와《피에르와 장》등의 장편 소설을 출간하여 프랑스 사실주의와 자연주의 문학 전통을 굳건히 하였다.